mon CP zen

TEXTES

Antoine BAILLIF · Professeur des écoles
Florian GELIN LEPAGE · Professeur des écoles
François HOCQUAUX · Professeur des écoles
Maud LETELLIER · Rédactrice pédagogique
Éric MONTIGNY · Professeur des écoles
Pascale PAVY · Psychomotricienne (activités zen)

ILLUSTRATIONS

Laurent AUDOUIN
Carine HINDER (couverture)
Daniela DOGLIANI (activités zen)

AUZOU éducation

CONFORME aux programmes DE L'ÉDUCATION NATIONALE

Cet ouvrage a été conçu et rédigé par une équipe d'enseignants. Il est idéal pour accompagner votre enfant en classe de CP.

Des **rubriques** ludiques : **Le sais-tu ?** (documentaire), **À toi de jouer !** (jeu autour de la notion)

Une **leçon** synthétique et illustrée

Une **leçon** et des **exercices** bien organisés sur deux pages

Des **exercices progressifs** pour bien s'entraîner

Au **quotidien**, de nombreux exemples concrets sur l'utilisation de la notion dans la vie quotidienne de l'enfant

Un **exercice détaillé** ou **un point précis** de la leçon expliqué

Des **astuces** pour aider votre enfant à bien retenir

Des **conseils pour les parents**

Des **bilans** en français et en maths pour évaluer la bonne progression

Maquette : Marie Drion
Mise en pages : Grafatom
Relectures : Nathalie Coët, Stéphanie Go, Audrey Poulat et Iris Dion
Photos : Shutterstock

Loi n° 49-956 du 16 juillet 1949 sur les publications destinées à la jeunesse, modifiée par la loi n° 2011-525 du 17 mai 2011.
Dépôt légal : juillet 2023. Imprimé en Chine.

UN GUIDE DÉTACHABLE POUR LE PARENT

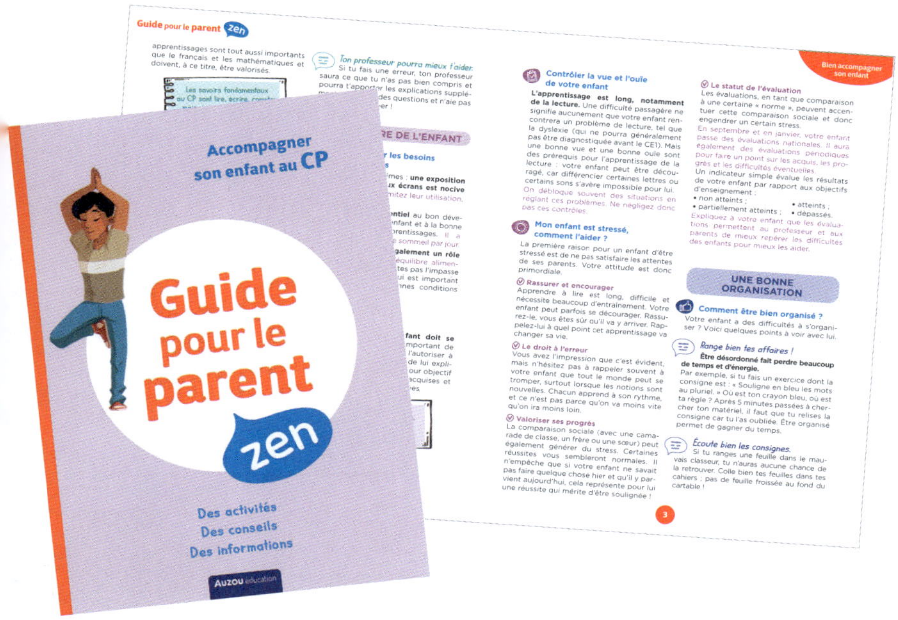

- Des **réponses** et des **conseils** sur la classe de CP et **comment aider** son enfant
- Des **conseils** et des **activités** à réaliser pour chaque leçon (les difficultés expliquées et comment les surmonter)
- Tous les **corrigés**

RETROUVEZ LES PISTES SONORES SUR AUZOU.FR

Les conseils pour les parents

- **Échangez avec votre enfant.** Mettez des mots sur les incompréhensions.
- **Mettez-vous au niveau de votre enfant :** sa logique n'est pas forcément la vôtre.
- **Soyez indulgent** avec votre enfant, mais aussi avec vous-même. Chacun apprend à son rythme, et enseigner est un métier !
- **Prenez le temps !** L'apprentissage demande du temps et de la patience.
- **Faites des activités** pour sortir de la dimension écrite. En CP, les notions abordées peuvent très souvent être découvertes avec des activités ludiques.
- **Lisez des histoires !** C'est un moment partagé, et cela permet d'enrichir le vocabulaire, de donner le goût de la lecture...
- **Jouez avec votre enfant !** Les jeux de société sont à valoriser dans les apprentissages, car ils sont source de nombreuses connaissances.

Sommaire

Français

Lecture et écriture

Vocabulaire

Grammaire

Maths

Nombres et calculs

Problèmes

Grandeurs et mesures

Espace et géométrie

Histoire - Géo - EMC

Histoire - Le temps

Géographie - L'espace

Enseignement moral et civique

Sciences

Anglais

1

Le son é

1 Je comprends

Il y a **plusieurs façons** d'écrire le son é.

Le son [é]

é
é

un carré
un carré

une épée
une épée

er
er

un oreiller
un oreiller

ez
ez

un nez
un nez

À toi de jouer !

La chasse au son

Nomme tous les objets que tu vois autour de toi qui contiennent le son é.

Conseil parents

Lisez les mots en insistant sur le son [**é**] et en distinguant bien les sons [**é**] et [**è**].

2 Je teste

Le é est un e avec un accent.
Entoure les lettres é dans les mots.

fée

mère

tête

étoile

clé

***Astuce**

Pour reconnaître facilement l'accent qui fait le son é, tu peux penser à une fusée qui décolle.

La fusée monte.

é

3 Je m'entraîne

1 Entoure l'image si tu entends le son é .

2 Colorie les lettres qui font le son é.

arroser

vélo

cahier

éléphant

3 Entoure les mots dans lesquels tu entends le son é.

melon	pédaler
téléphone	perdu
écureuil	flèche
robinet	sanglier

Le français au quotidien

Beaucoup de mots finissent avec le **son** é, écrit **er** :

- des verbes (des mots qui nomment une action) → ***marcher, chanter, sauter*** ;

- des métiers → ***boulanger, pompier*** ;
- des arbres → ***le pommier, le cerisier.***

CORRIGÉS - LIVRET P. 31

2 Le son è

1 Je comprends

Il y a **plusieurs façons** d'écrire le son è.

Le son [è]

ei — ei

une baleine
une baleine

è — è

un manège
un manège

ê — ê

un chêne
un chêne

ai — ai

une maison
une maison

! À toi de jouer !

Le jeu de la syllabe

Choisis une syllabe qui contient le son è.
Chacun son tour, on doit trouver un mot
qui contient cette syllabe.

Conseil parents

Pour ne pas confondre [**é**] et [**è**], donnez un miroir à votre enfant pour qu'il constate la différence d'ouverture de la bouche quand il prononce ces deux sons (plus large pour le [**è**]).

2 Je teste

Lis les syllabes suivantes.

lè	mai	rei	dè	SAI
tèc	LAIR	vrei	prê	dèr

***Astuce**

Pour reconnaître facilement l'accent qui fait le son è,
tu peux penser à une flèche qui descend.

3 Je m'entraîne

1 Entoure l'image si tu entends le son è .

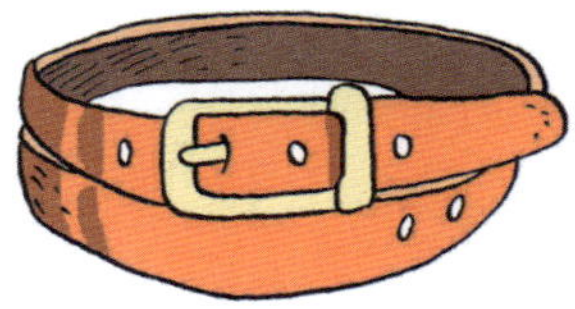

2 Colorie les lettres qui font le son è .

hélicoptère

reine

chaise

crêpes

3 Entoure les mots dans lesquels tu entends le son è .

chien

aigle

dromadaire

panier

treize

thermomètre

bain

béton

Le français au quotidien

- Pour donner le nom de quelque chose de **petit**, on ajoute parfois **et** ou **ette** à la fin du mot :
  Ex. : une maisonnette, un muret, une vachette.
- Le nom de l'**habitant** d'une ville ou d'un pays finit parfois par **ais** ou **aise** :
  Ex. : marseillais, anglaise, portugais.

CORRIGÉS - LIVRET P. 31

3

Le son o

1 Je comprends

Il y a **plusieurs façons** d'écrire le son o.

Le son [o]

eau
eau

un manteau
un manteau

o
o

un vélo
un vélo

au
au

sauter
sauter

une cloche
une cloche

! À toi de jouer !

Le jeu des rimes

Chacun son tour, on trouve un mot qui finit par le son o.

Conseil parents

Il existe deux sons avec la lettre o : le [o] fermé du mot *gros* (le plus simple à identifier) et le [o] ouvert du mot *fort*. Faites remarquer à votre enfant la différence d'ouverture de la bouche (plus large pour le [o] ouvert).

2 Je teste

Lis les syllabes suivantes.

dau	MO	lau	BO	reau
PRAU	dol	MEAU	caur	teau

3 Je m'entraîne

1 Entoure l'image si tu entends le son o.

2 Colorie les lettres qui font le son o.

bureau

cochon

autruche

hélicoptère

3 Entoure les mots dans lesquels tu entends le son o.

épaule	dindon
soupe	seau
voiture	forêt
genou	trésor

Le français au quotidien

On entend parfois le son o à la fin des mots qui donnent le nom de quelqu'un ou de quelque chose de **petit** :
- avec les lettres **eau** → *un lionceau, un éléphanteau, un souriceau.*
- avec les lettres **ot** → *un chiot, un îlot, un cachot.*

CORRIGÉS - LIVRET P. 31

4 Le son s

1 Je comprends

Il y a **plusieurs façons** d'écrire le son **s**.

le soleil
le soleil

s
s

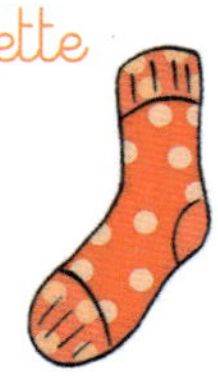

une chaussette
une chaussette

ss
ss

Le son
[s]

un citron
un citron

c
c

le garçon
le garçon

ç
ç

À toi de jouer !

Les virelangues

Joue à dire ou à inventer des virelangues (des phrases difficiles à prononcer) qui contiennent le son **s**.

Ex. : Six serpents sournois sont sur ce sac.

Conseil parents

Les lettres **s** et **c** ont chacune deux sons :
s → [**s**] ou [**z**]   **c** → [**s**] ou [**k**]
Attirez l'attention de votre enfant sur les lettres qui sont à côté.

- Quand le **s** est entre deux voyelles, il fait le son [**z**] ; dans les autres cas, il fait le son [**s**].
- Quand le **c** est suivi par les voyelles **a**, **o** ou **u**, il fait le son [**k**] ; quand il est suivi par **e**, **i** ou **y**, il fait le son [**s**].

2 Je teste

Lis les syllabes suivantes.

SU	ça	si	cé	SO
asse	uce	issé	OCE	ussa

3 Je m'entraîne

1 Entoure l'image si tu entends le son s .

2 Colorie les lettres qui font le son s .

croissant	souris	ciseaux	balançoire

3 Entoure les mots dans lesquels tu entends le son s .

ruche sapin

pièce brosse

leçon ceinture

valise crocodile

Le français au quotidien

On retrouve le son s à la fin de beaucoup de noms féminins qui finissent par **esse** :

- des **personnes** → *la maîtresse, une princesse* ;
- des **qualités** ou des **défauts** → *la gentillesse, la maladresse, la politesse* ;
- d'**autres mots** encore → *une kermesse, la vitesse.*

CORRIGÉS - LIVRET P. 31

5 Le son z

1 Je comprends

Il y a **plusieurs façons** d'écrire le son **z**.

une fusée
une fusée

s
s

Le son [z]

z
z

un zèbre
un zèbre

À toi de jouer !

La chasse au son

Trouve trois prénoms qui contiennent le son **z**.

Ex. : Élise, Zoé, Blaise…

Conseil parents

La lettre **s** peut faire un autre son que [**z**]. Votre enfant doit faire bien attention aux lettres qui sont à côté.

- La lettre **s** fait le son [**z**] quand elle est entre deux voyelles.
  Ex. : un oiseau.
- Si la lettre **s** se trouve en début de mot ou qu'il y a au moins une consonne à côté, elle fera le son [**s**].
  Ex. : une soupe, une veste.

2 Je teste

Lis les syllabes suivantes.

zu	OSE	*za*	isé	zo
BIZ	pèse	casi	*zik*	posé

3 Je m'entraîne

1 **Entoure l'image si tu entends le son z .**

2 **Colorie les lettres qui font le son z .**

ciseaux	fraise	maison	zébu

3 **Entoure les mots dans lesquels tu entends le son z .**

lézard	tissu
dinosaure	coussin
losange	musique
serpent	muscle

Le français au quotidien

Parfois, on entend le son z au début d'un mot alors qu'il commence par une voyelle. C'est parce que le mot d'avant finit par un **s**.

On appelle cela la **liaison**.

Ex. : les images, des enfants, mes amis, des objets.

Le son k

1 Je comprends

Il y a **plusieurs façons** d'écrire le son k.

Le son [k]

k
k

un kangourou
un kangourou

c
c

un cochon
un cochon

la musique
la musique

qu
qu

q
q

un coq
un coq

À toi de jouer !

La chasse au son

Trouve dans ta chambre trois objets dont le nom contient le son k.

Ex. : cartable, koala en peluche, casque...

Conseil parents

La lettre **c** peut faire d'autres sons que le son [**k**]. Il faut faire bien attention aux lettres qui sont à côté.

- Si elle est suivie par les voyelles **a**, **o** ou **u**, elle fait bien le son [**k**].
- Mais si elle est suivie par les voyelles **e**, **i** ou **y**, elle fait le son [**s**].

*Ex. : une **c**igogne, une pla**c**e, un **c**ygne.*

2 Je teste

Lis les syllabes suivantes.

co	ki	que	KÉ	ca
tuk	PAC	quir	col	duc

3 Je m'entraîne

1 Entoure l'image si tu entends le son k .

2 Colorie les lettres qui font le son k .

étiquette

karaté

volcan

licorne

3 Entoure les mots dans lesquels tu entends le son k .

glace
quatre
ciseaux
cirque
docteur
casserole
chanson
escalier

Le français au quotidien

Quand on entend le son k à la **fin d'un mot**, il s'écrit souvent **que**.
Ex. : une barque, une flaque.
Quand le son k est placé en **début de mot**, il s'écrit souvent avec la lettre **c**.
Ex. : une cloche, une cassette.

7 Le son g

1 Je comprends

Il y a **plusieurs façons** d'écrire le son **g**.

Le son [g]

- **g** — g : un **g**arçon / un garçon
- **gu** — gu : une **gu**itare / une guitare

À toi de jouer !

La chasse au son

Trouve trois métiers dont le nom contient le son **g**.

Ex. : guitariste, zoologue…

Conseil parents

Si votre enfant confond les sons [**g**] et [**k**], faites-lui sentir la différence en mettant sa main sur sa gorge quand il les prononce : il sentira une vibration pour le son [**g**], mais pas pour le son [**k**].

2 Je teste

Lis les syllabes suivantes.

go	GUI	ga	gué	guè
gar	GLI	gré	ago	gak

3 Je m'entraîne

1 Entoure l'image si tu entends le son g .

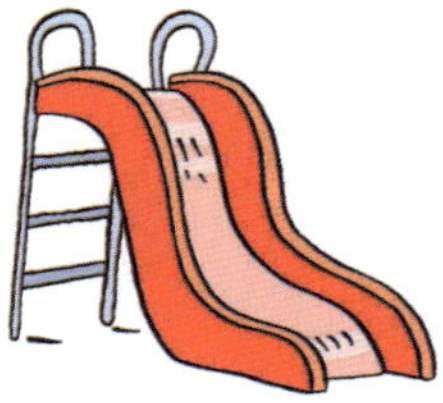

2 Colorie les lettres qui font le son g .

bague	grenouille	gâteau	cigogne

3 Entoure les mots dans lesquels tu entends le son g .

ange	dragon
règle	vague
garage	orage
légume	girafe

Le français au quotidien

Beaucoup de **mots finissent** par le son g .
Le plus souvent, on écrit **gue**.
Ex. : une figue, un orgue.

8 Le son j

1 Je comprends

Il y a **plusieurs façons** d'écrire le son j.

le jardin
le jardin
j
j

Le son [j]

g
g
le nuage
le nuage

Conseil parents

La lettre **g** peut faire un autre son que le son [**j**]. Votre enfant doit faire bien attention aux lettres qui sont à côté.
• Si le **g** est suivi par un **e**, un **i** ou un **y**, il fait bien le son [**j**].
*Ex. : un **g**éant, une **g**ifle.*
• Si le **g** est suivi par un **a**, un **o**, un **u** ou une consonne, il fera le son [**g**].
*Ex. : une **g**lace, une **g**omme, un o**g**re.*

! À toi de jouer !

Les devinettes

Trouve des mots qui contiennent le son j et fais-les deviner sans les dire.

Ex. : C'est un oiseau qu'on voit souvent en ville.
Réponse : le pigeon.

2 Je teste

Lis les syllabes suivantes.

gi	*jé*	GEU	ja	JI
age	joc	*gym*	jaf	gir

3 Je m'entraîne

1 Entoure l'image si tu entends le son j .

2 Colorie les lettres qui font le son j .

jumelles

fromage

bougie

jouets

3 Entoure les mots dans lesquels tu entends le son j .

coquillage
cheval
luge
cerise

gâteau
jambe
gilet
dragon

Le français au quotidien

Beaucoup de **mots finissent** par le son j .
Quand on les écrit, il ne faut pas oublier de mettre un **e** à la fin.
Ex. : le mariage, la neige.

CORRIGÉS - LIVRET P. 32

9

Le son ch

1 Je comprends

Il y a **une seule façon** d'écrire le son **ch**.

une niche
une niche

un champignon
un champignon

À toi de jouer !

Les virelangues

Joue à dire ou à inventer des virelangues (des phrases difficiles à prononcer) qui contiennent le son **ch**.

Ex. : Charles achète des pêches chez le marchand.

Conseil parents

Si votre enfant confond les sons [**j**] et [**ch**], faites-lui sentir la différence en mettant sa main sur sa gorge quand il prononce les sons. Il sentira une vibration pour le son [**j**], mais pas pour le son [**ch**].

2 Je teste

Lis les syllabes suivantes.

CHA	chi	chu	chè	ché
achi	ochu	écha	CHUC	chir

3 Je m'entraîne

1 Entoure l'image si tu entends le son ch .

2 Colorie les lettres qui font le son ch .

cochon

chapeau

sèche-cheveux

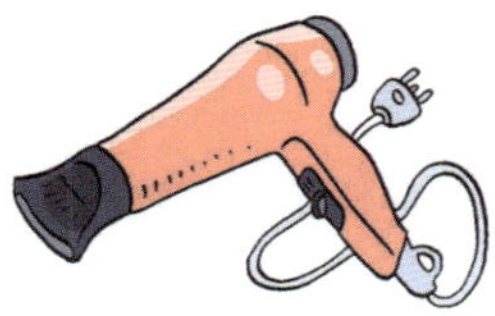

cheval

3 Entoure les mots dans lesquels tu entends le son ch .

autruche	chameau
piège	bouche
parachute	hérisson
vache	haricot

Le français au quotidien

Beaucoup de **mots finissent** par le son ch.
Quand on les écrit, il ne faut pas oublier de mettre un **e** à la fin du mot.
Ex. : une fiche, une poche.

CORRIGÉS - LIVRET P. 32

10

Le son f

1 Je comprends

Il y a **plusieurs façons** d'écrire le son f.

Le son [f]

une fusée
une fusée

f
f

ph
ph

un phare
un phare

! À toi de jouer !

Les virelangues

Joue à dire ou à inventer des virelangues (des phrases difficiles à prononcer) qui contiennent le son f.

Ex. : Mon frère m'a offert une photographie fantastique.

Conseil parents

Pour produire les sons correctement, les lèvres doivent être bien positionnées. Dans le cas du son [**f**], veillez à ce que votre enfant place bien sa lèvre inférieure vers l'intérieur, au contact des dents du haut.

2 Je teste

Lis les syllabes suivantes.

FA	pho	fé	fu	phè
ofé	ifa	phil	ufè	APHU

3 Je m'entraîne

1 Entoure l'image si tu entends le son f .

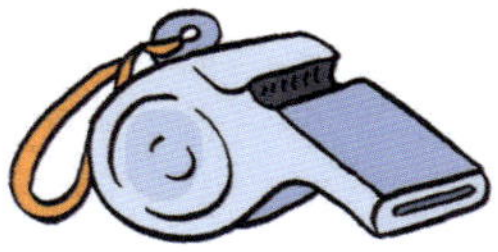

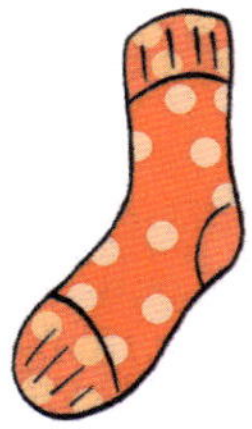

2 Colorie les lettres qui font le son f .

confiture

fraise

fourchette

éléphant

3 Entoure les mots dans lesquels tu entends le son f .

fourmi
facile
chanson
téléphone
harpe
dauphin
fromage
poche

Le français au quotidien

Beaucoup de **mots finissent** par le son **if** .
Ex. : positif, actif, naïf, émotif.

CORRIGÉS - LIVRET P. 32

Le son v

1 Je comprends

Il y a **une seule façon** d'écrire le son **v**.

un **v**illage
un village

un **v**élo
un vélo

À toi de jouer !

Les virelangues

Joue à dire ou à inventer des virelangues (des phrases difficiles à prononcer) qui contiennent le son **v**.

Ex. : Vos voisins viendront vous voir chez vous.

Conseil parents

Pour ne pas confondre les sons [**v**] et [**f**], faites sentir la différence à votre enfant en mettant la main sur sa gorge quand il les prononce : il sentira une vibration pour le son [**v**], mais pas pour le son [**f**].

2 Je teste

Lis les syllabes suivantes.

vu	vè	vou	VI	veu
vra	vru	AVÉ	ovu	vif

3 Je m'entraîne

1 **Entoure l'image si tu entends le son V .**

2 **Colorie les lettres qui font le son V .**

voiture	volcan	livre	anniversaire

3 **Entoure les mots dans lesquels tu entends le son V .**

voile	fromage
cravate	crevette
foulard	vélo
usine	caravane

Le français au quotidien

Les **adjectifs** sont des mots pour dire comment sont les personnes et les objets. Ceux qui finissent par **if** au masculin ont leur féminin qui se termine par **ive**.
Ex. : actif → active ; créatif → créative ; pensif → pensive.

CORRIGÉS - LIVRET P. 32

12

Le son ou

1 Je comprends

Il y a **une seule façon** d'écrire le son **ou**.

un m**ou**lin

un moulin

une s**ou**ris

une souris

À toi de jouer !

Les devinettes

Trouve des mots qui contiennent le son **ou** et fais-les deviner sans les dire.

Ex. : On fait cuire les gâteaux dedans.

Réponse : le four.

Conseil parents

Pour bien différencier les sons de ceux qui leur sont proches, vous pouvez exagérer leur prononciation. Dans le cas du son [**ou**], n'hésitez pas à mettre les lèvres bien en avant pour insister au maximum.

2 Je teste

Lis les syllabes suivantes.

pou	nou	dou	rou	cou
BOUC	TOUR	mouk	chouf	prou

3 Je m'entraîne

1 Entoure l'image si tu entends le son ou.

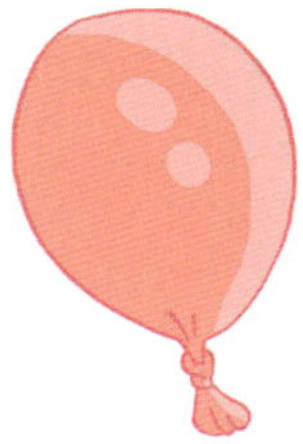

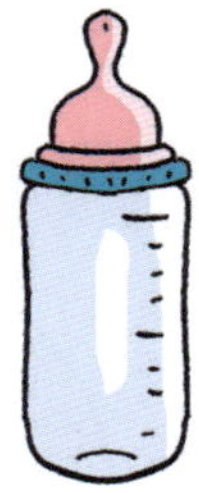

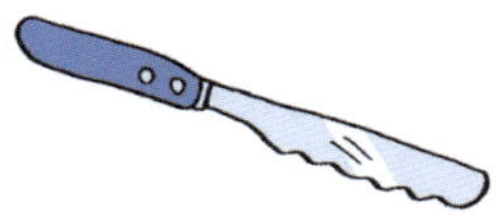

2 Colorie les lettres qui font le son ou.

moustache

bougie

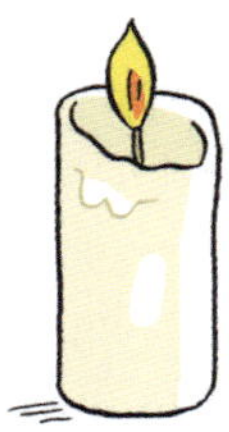

fourchette

kangourou

3 Entoure les mots dans lesquels tu entends le son ou.

bouclier	coussin
mouche	pantalon
tiroir	souris
robinet	oiseau

Le français au quotidien

En français, on peut aussi utiliser des **mots qui viennent d'autres langues**. Tu connais certainement des mots venus de l'anglais dans lesquels le son **ou** s'écrit avec deux **o** :
Ex. : le football, un zoom, cool, le look.

13

Le son eu

1 Je comprends

Il y a **plusieurs façons** d'écrire le son **eu**.

Le son [eu]

- **e** – e : un ch**e**val / un ch**e**val
- **œu** – œu : un **œu**f / un **œu**f
- **eu** – eu : un f**eu** / un f**eu**

À toi de jouer !

Le jeu de la syllabe

Choisis une syllabe qui contient le son **eu**.
Chacun son tour, on doit trouver un mot qui contient cette syllabe.

Conseil parents

Il existe deux sons avec les lettres **eu** : le [**eu**] fermé du mot *feu* et le [**eu**] ouvert du mot *fleur*. Faites remarquer à votre enfant la différence d'ouverture de la bouche (plus large pour le [**eu**] ouvert).

2 Je teste

Lis les syllabes suivantes.

teu	meu	lœu	nœu	keu
cheu	ple	teuf	cre	PEUR

3 Je m'entraîne

1 Entoure l'image si tu entends le son eu .

2 Colorie les lettres qui font le son eu .

grenouille

voyageur

cerise

nœud

3 Entoure les mots dans lesquels tu entends le son eu .

bretelle	pleurer
noisette	docteur
ficelle	sœur
melon	casquette

Le français au quotidien

Beaucoup de mots finissent par le son **eur** ou **euse** :
- des **métiers** → *docteur, chanteuse, plongeur* ;
- des **adjectifs** (des mots qui disent comment sont les gens ou les choses) → *chanceuse, farceur, rêveuse.*

CORRIGÉS - LIVRET P. 32

Le son an

1 Je comprends

Il y a **plusieurs façons** d'écrire le son **an**.

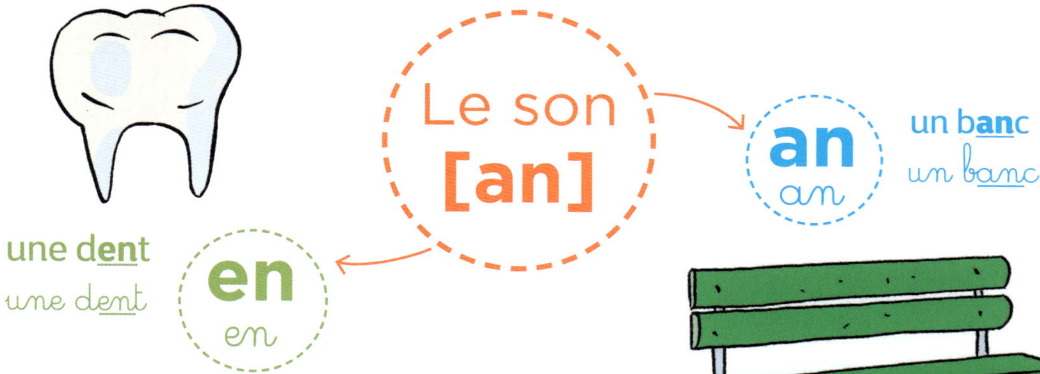

À toi de jouer !

Le jeu de la syllabe

Choisis une syllabe qui contient le son **an**.
Chacun son tour, on doit trouver un mot qui contient cette syllabe.

Conseil parents

Devant les lettres **m**, **b** et **p**, le **n** du son [**an**] devient un **m**. Si votre enfant écrit la lettre **n** devant ces lettres, ce n'est pas grave. Cette règle sera vue plus tard. Il la découvrira peut-être en lisant certains mots dans lesquels le son [**an**] est écrit **em** ou **am**.

2 Je teste

Lis les syllabes suivantes.

pen	TAN	lan	men	zan
fran	plen	GREN	tank	vlan

3 Je m'entraîne

1 Entoure l'image si tu entends le son an .

 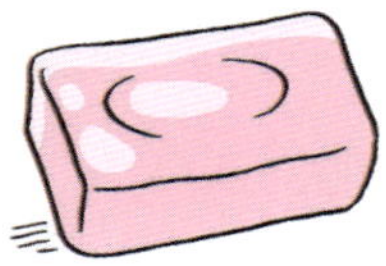  

2 Colorie les lettres qui font le son an .

fantôme

tente

éléphant

menton

3 Entoure les mots dans lesquels tu entends le son an .

piano	triangle
éponge	manège
volcan	renard
serpent	branche

Le français au quotidien

Quand le **verbe** est conjugué avec les pronoms **ils** ou **elles**, on écrit **-ent** à la fin mais on n'entend pas le son **an** .
Ex. : ils sautent, elles dorment.

15

Le son in

1 Je comprends

Il y a **plusieurs façons** d'écrire le son **in**.

Le son [in]

du p**ain**
du pain

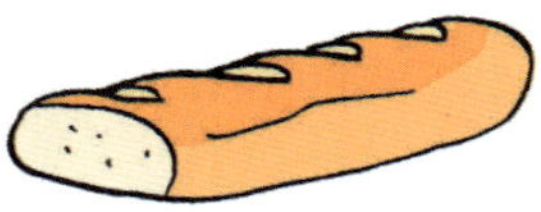

ain
ain

une c**ein**ture
une ceinture

ein
ein

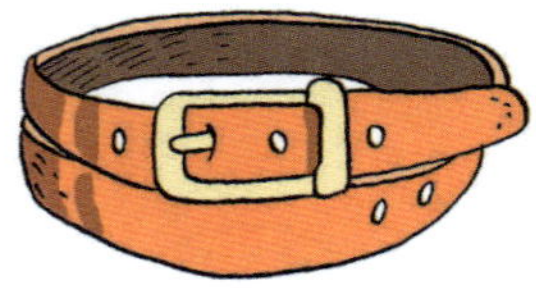

un moul**in**
un moulin

in
in

un
un

1

! À toi de jouer !

Le jeu des rimes

Chacun son tour, on trouve un mot qui finit par le son **in**.

Conseil parents

En fonction de la lettre qui suit le **n**, le son peut changer. Si le **n** est suivi par une consonne, on entend bien le son [**in**].
Ex. : le dindon, une empreinte.
Mais quand il y a une voyelle après le **n**, on n'entend pas le son [**in**].
Ex. une cheminée, une reine, une chaîne.

2 Je teste

Lis les syllabes suivantes.

pin	rain	mein	LIN	tain
crain	flin	krein	plin	drein

3 Je m'entraîne

1 Entoure l'image si tu entends le son in .

2 Colorie les lettres qui font le son in .

main

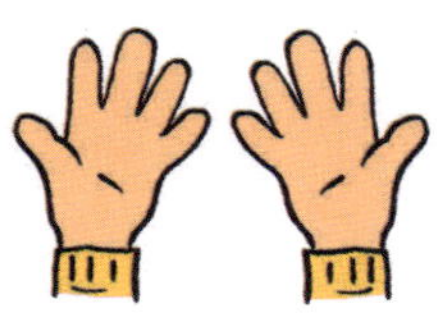

poussin

peintre

jardin

3 Entoure les mots dans lesquels tu entends le son in .

baleine
coussin
pince
diamant
train
tartine
pantin
marin

Le français au quotidien

On entend parfois le son in à la fin d'un mot masculin qui désigne :

- l'**habitant** d'un pays ou d'une ville → *africain, toulousain, argentin* ;
- le **caractère de quelqu'un** → *coquin, malin, vilain.*

16

Le son on

1 Je comprends

Il y a **une seule façon** d'écrire le son **on**.

une m**on**tagne

une m**on**tagne

un b**on**b**on**

un b**on**b**on**

Conseil parents

• Il faut faire attention : quand il y a une voyelle après le **n**, on n'entend pas le son [**on**].
Ex. : un téléphone, le moniteur.
Les lettres **on** font le son [**on**] en fin de mot ou si elles sont suivies par une consonne.
• Devant les lettres **m**, **b** et **p**, le **n** du son [**on**] devient un **m**.
Si votre enfant écrit la lettre **n** devant ces lettres, ce n'est pas grave.
Cette règle sera vue plus tard.

! À toi de jouer !

Les devinettes

Trouve des mots qui contiennent le son **on** et fais-les deviner sans les dire.

Ex. : C'est le bébé du chat.

Réponse : le chaton.

2 Je teste

Lis les syllabes suivantes.

lon	pon	ron	don	son
ponc	FLON	tron	donc	plon

3 Je m'entraîne

1 **Entoure l'image si tu entends le son on.**

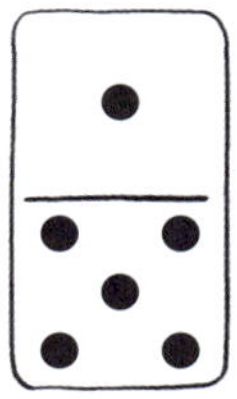
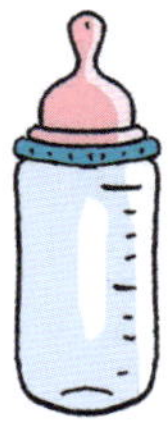

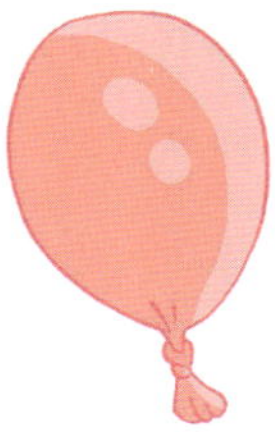

2 **Colorie les lettres qui font le son on.**

champignon

mouton

maison

bâtons

3 **Entoure les mots dans lesquels tu entends le son on.**

confiture
bonnet
menton
tomate
éponge
piano
poisson
enfant

Le français au quotidien

Beaucoup de mots finissent par le son on :

- des mots qui désignent **quelqu'un ou quelque chose de petit** → *chaton, jupon, ourson* ;
- des mots qui parlent des **actions** → *correction, répétition, inondation.*

17

Le son oi

1 Je comprends

Il y a **une seule façon** d'écrire le son **oi**.

un r**oi**

un r**oi**

un **oi**seau

un **oi**seau

À toi de jouer !

Les virelangues

Joue à dire ou à inventer des virelangues (des phrases difficiles à prononcer) qui contiennent le son **oi**.

Ex. : Tu vois trois oiseaux noirs dans le bois.

Conseil parents

- Parfois, quand il y a un **n** après le **i**, on n'entend pas le son [**oi**] : → *le poing* : les lettres **oin** font le son [**oin**].
- Mais s'il y a une voyelle après ce **n**, on entend bien le son [**oi**] : → *un moineau* : le **n** est associé au son [**o**] qui suit.

2 Je teste

Lis les syllabes suivantes.

voi	coi	moi	BOI	joi
froi	LOIR	choi	troi	soif

3 Je m'entraîne

1 Entoure l'image si tu entends le son oi .

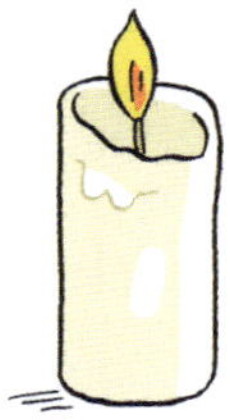

2 Colorie les lettres qui font le son oi .

poire	arrosoir	voiture	entonnoir

3 Entoure les mots dans lesquels tu entends le son oi .

avion	framboise
noisette	mouchoir
miroir	solide
violette	pointure

Le français au quotidien

Beaucoup de mots finissent par le son **oir** :

- des **objets** qui servent à faire quelque chose → *un arrosoir, une passoire, un rasoir* ;
- des **verbes** → *voir, vouloir, savoir* ;
- des **lieux** → *un perchoir, un abreuvoir.*

Le son gn

1 Je comprends

Il y a **une seule façon** d'écrire le son **gn**.

une montagne
une montagne

un champignon
un champignon

À toi de jouer !

La chasse au son

Trouve cinq verbes
(des mots qui disent ce qu'on fait)
qui contiennent le son **gn**.

Ex. : peigner, signer…

Conseil parents

Si votre enfant ne parvient pas à identifier correctement le son [**gn**], vous pouvez lui faire remarquer la proximité avec le son que forment les lettres **n** et **i**. Cette astuce n'est toutefois pas valable pour les mots qui finissent par **gne**.

2 Je teste

Lis les syllabes suivantes.

gna	gne	gni	gné	gneau
ogne	égna	igno	ogni	agné

3 Je m'entraîne

1 Entoure l'image si tu entends le son gn.

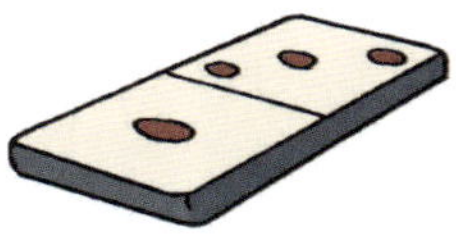

2 Colorie les lettres qui font le son gn.

châtaigne

guignol

peigne

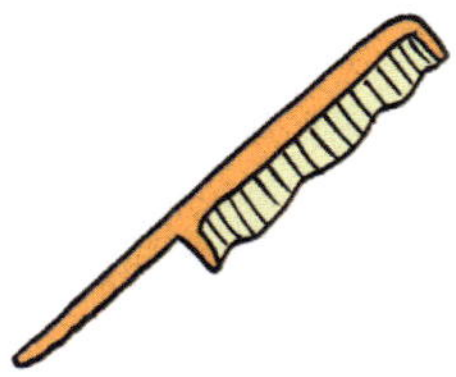

cigogne

3 Entoure les mots dans lesquels tu entends le son gn.

éponge manège

plongeur vigne

baignade agneau

signal orange

Le français au quotidien

Beaucoup de **mots finissent** par le son gn. Quand on les écrit, il ne faut pas oublier de mettre un **e** à la fin du mot.
Ex. : une ligne, un peigne, la campagne.

19

Les sons ill et y

1 Je comprends

Il y a **une seule façon** d'écrire le son **ill**.

une fille
une fille

une bille
une bille

Il y a **une seule façon** d'écrire le son **y**.

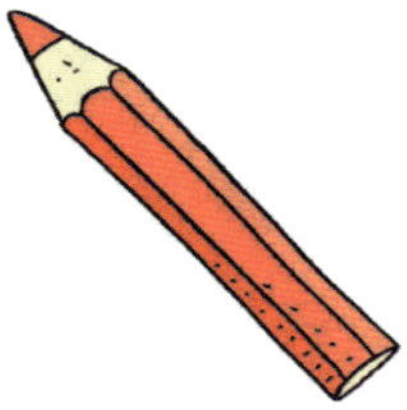

un crayon
un crayon

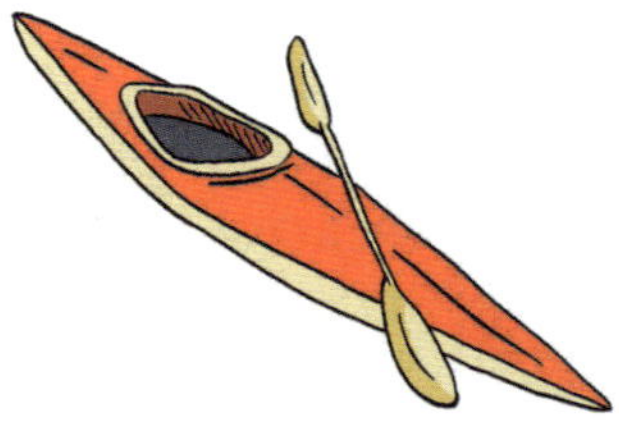

un kayak
un kayak

! À toi de jouer !

Les devinettes

Trouve des mots qui contiennent les sons **ill** et **y**, et fais-les deviner sans les dire.

Conseil parents

Vous pouvez préciser à votre enfant que la lettre **y** se prononce aussi [**i**] quand elle est à la fin d'un mot ou entouré de consonnes : *curry, dynamique*.

2 Je teste

Lis les syllabes suivantes.

aye	NILLE	ille	moyen
fey	royo	tille	YA

3 Je m'entraîne

1 Entoure l'image si tu entends le son ill ou y.

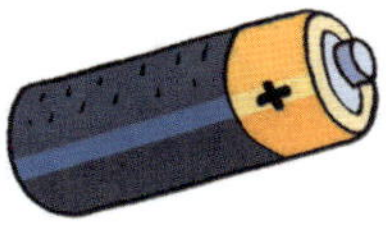

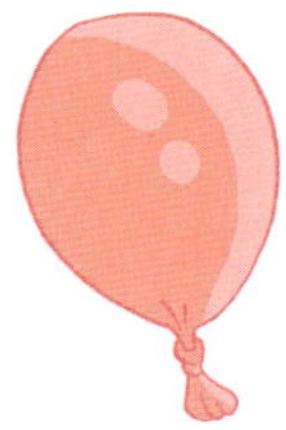
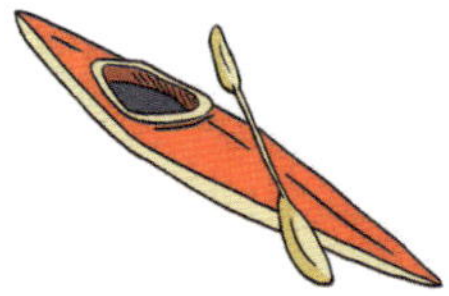

2 Colorie les lettres qui font le son ill.

cédille	famille	quille	coquillage

3 Entoure en rouge les mots dans lesquels tu entends le son ill et en bleu quand tu entends le son y.

caillou	loyer
noyau	griller
crypte	vanille
yaourt	bouillir

Le français au quotidien

Il y a beaucoup de **mots qui finissent** avec le son ill. N'oublie pas d'écrire le **e** à la fin !
Ex. : une aiguille, il s'habille...

20 Les sons eil, euil, ail et ouil

1 Je comprends

Il y a **plusieurs façons** d'écrire le son **eil**.

eille / eille — une ab**eille** / une abeille 

eil / eil — un sol**eil** / un soleil 

ay / ay — un cr**ay**on / un crayon 

Il y a **plusieurs façons** d'écrire le son **euil**.

euill / euill — une f**euill**e / une feuille 

œil / œil — un **œil** / un œil 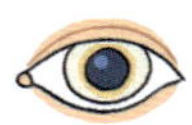

euil / euil — un écur**euil** / un écureuil 

Il y a **plusieurs façons** d'écrire le son **ail**.

aill / aill — de la p**aill**e / de la paille 

oy / oy — v**oy**ager / voyager 

ail / ail — un évent**ail** / un éventail 

Il y a **plusieurs façons** d'écrire le son **ouil**.

ouill / ouill — une b**ouill**oire / une bouilloire 

ouil / ouil — du fen**ouil** / du fenouil

Conseil parents

Pour ne pas confondre les sons [**eil**] et [**euil**], faites remarquer comment les lèvres bougent quand on les prononce : vers l'arrière pour [**eil**], vers l'avant pour [**euil**].

2 Je teste

Lis les syllabes ou les mots suivants.

crayon	EILLE	seuil
réveil	TOUILLE	reille

3 Je m'entraîne

1 Entoure l'image si tu entends le son eil.

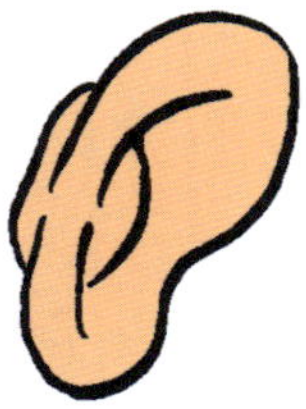

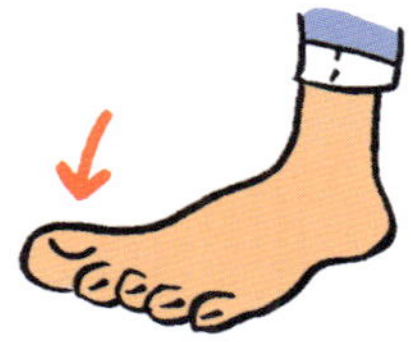

2 Colorie les lettres qui font le son euil.

écureuil fauteuil portefeuille chevreuil

3 Entoure en rouge les mots dans lesquels tu entends le son ail et en bleu quand tu entends le son ouil.

médaille vitrail muraille

grenouille bouillir fenouil

paille citrouille

Le français au quotidien

À l'écrit, il ne **faut pas confondre** l'écriture **oy** qui se dit **oail**, comme dans *moyenne* ou *voyage*, avec des mots anglais qui se disent **oy** : *boy*, *toy*, *joy*.

21

Les sons ian, ien et ion

1 Je comprends

Il y a **plusieurs façons** d'écrire le son **ian**.

Le son [ian]

un triangle
un triangle

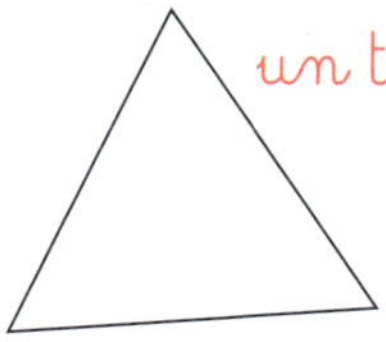

ian
ian

ien
ien

un client
un client

Il y a **une seule façon** d'écrire le son **ien**.

un chien
un chien

Il y a **une seule façon** d'écrire le son **ion**.

un lion
un lion

Conseil parents

Si votre enfant fait souvent la confusion entre les lettres **ian** et **ain**, **ien** et **ein** ou **ion** et **oin**, demandez-lui de lire chaque lettre en exagérant l'ouverture de la bouche sur le [**i**]. Il repérera mieux si le **i** est au début ou au milieu de la syllabe.

! À toi de jouer !

Le jeu des animaux

Raconte une histoire avec des animaux contenant le plus de sons **ian**, **ien** et **ion**.

2 Je teste

Lis les syllabes suivantes.

ian	lien	ION	kian
gian	bion	tien	ien

3 Je m'entraîne

1 Entoure l'image si tu entends le son ion.

2 Colorie les lettres qui font le son ian.

fiancé

friandises

science

criant

3 Entoure les mots dans lesquels tu entends le son ien.

martien
ingrédient
bientôt
avaient
ancien
parisien

Le français au quotidien

- Beaucoup de verbes qui décrivent une **action** se terminent en **-iant**.
  Ex. : pliant, sciant, criant.
- Beaucoup de mots qui décrivent une **nationalité** se terminent en **-ien**.
  Ex. : italien, syrien, terrien.

22

La lettre x

1 Je comprends

La lettre x peut faire **plusieurs sons**.

La lettre x

Elle fait le son ks.
texte
texte

Elle fait le son s.
dix
dix
10

Elle fait le son gz.
exemple
exemple

Elle est muette.
deux
deux
2

Le sais-tu ?

La lettre **x** muette montre le pluriel de certains mots qui se terminent en **-ou** :
hibou → hiboux, caillou → cailloux, chou → choux, bijou → bijoux, genou → genoux, joujou → joujoux, pou → poux.
Tu peux les apprendre par cœur !

Conseil parents

La plupart du temps, votre enfant fera le choix entre les sons [**ks**] et [**gz**] en se basant sur les mots qu'il connaît. Si un doute apparaît, la règle est la suivante : la lettre **x** fait le son [**gz**] quand le mot commence par **ex** et que le **x** est suivi par une voyelle ou un **h** muet.

2 Je teste

Entoure les mots qui contiennent la lettre x.

heureux	harmonica	luxe	examen	accent
juste	klaxon	trace	crayon	saxophone

3 Je m'entraîne

1 **Relie chaque image au mot qui correspond.**

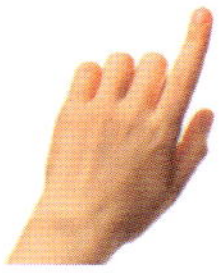	•	• noix
	•	• index
	•	• taxi
	•	• bijoux

2 **Quel son fait la lettre x ? Recopie les mots dans la bonne colonne.**

boxe • exact • texte • roux • vieux • exercice • six • extra • mixte • feux • exister

Elle fait le son **ks**.	Elle fait le son **gz**.	Elle fait le son **s**.	Elle ne fait aucun son.
....	....	....	....
....	....	....	....
....	....	....	....
....	....	....	....

3 **Remets les syllabes dans l'ordre pour former des mots qui contiennent la lettre x.**

ple	ex	em

→ ....

pli	quer	ex

→ ....

soi	te	xan

→ ....

Le français au quotidien

Quand on fait la **liaison** avec un mot qui finit par la lettre **x**, on entend le son **z**.
Ex. : deux enfants, dix euros.

23 L'alphabet : les consonnes et les voyelles

1 Je comprends

Il y a 26 lettres dans l'alphabet : 6 **voyelles** et 20 **consonnes**.

Les lettres de **l'alphabet**

Les voyelles ← → **Les consonnes**

a e i o u y

b c d f g h
j k l m n p
q r s t v w
x z

! À toi de jouer !

Compter les voyelles et les consonnes

Chacun son tour, on dit un mot : il faut trouver combien de voyelles ou de consonnes il contient.

Ex. : bougie → il y a 4 voyelles (o, u, i, e) et 2 consonnes (b, g).

Conseil parents

Une bonne connaissance de l'alphabet sera un atout pour des compétences travaillées ultérieurement, comme l'utilisation du dictionnaire. Vous pouvez par exemple faire réciter l'alphabet à votre enfant à partir d'une lettre donnée.

2 Je teste

Complète le tableau avec les lettres qui manquent. Entoure les voyelles.

A			D	E		G	H	I			L	
	O	P	Q				U	V	W		Y	

3 Je m'entraîne

1 Entoure les lettres de l'alphabet.

@	«	e	B	%
r	&	s	U	,
P	f	7	(	j

2 Colorie les voyelles.

pompier	marchand	stylo
armure	gomme	nénuphar

3 Trouve la voyelle manquante dans chaque mot.

dr.........peau	l.........corne	.........raignée
pian.........	t.........lipe	din.........saure

Le français au quotidien

Il existe d'autres alphabets que celui que nous utilisons.

- L'alphabet utilisé en **Russie** comporte 30 lettres.
- L'alphabet **arabe** ne comporte que des consonnes.
- En **Chine** et au **Japon**, on utilise des signes et non des lettres.

24

Les synonymes et les contraires

1 Je comprends

- Un mot qui veut dire la même chose, c'est un **synonyme**.
  Ex. : gentil → agréable.
- Le **contraire**, c'est quand le mot a un sens opposé.
  Ex. : méchant → gentil.

! À toi de jouer !

Le jeu des mimes

Un des joueurs mime une action, l'autre essaie de trouver trois verbes qui peuvent la décrire.

Ex. : On mime « jardiner ». L'autre joueur peut dire « planter, arroser, ramasser ».

Conseil parents

Pour aider voter enfant à développer son vocabulaire, n'hésitez pas à utiliser des événements de la vie quotidienne.
Ex. : « Comment trouves-tu ce dessin ? » Réponse : « beau, magnifique, sublime... »

2 Je teste

Relie les synonymes.

joyeux •	• vainqueur
moche •	• vite
gagnant •	• heureux
rapidement •	• rigolo
drôle •	• laid

3 Je m'entraîne

1 Entoure l'intrus dans chaque liste.

a) moche • laid • horrible • magnifique

b) ami • camarade • adversaire • copain

c) petit • minuscule • incroyable • microscopique

d) regarder • observer • contempler • deviner

2 Remplace le mot souligné par un contraire.

a) Ce chien est vraiment <u>grand</u>.

Ce chien est vraiment ....

b) Le train est très <u>rapide</u>.

Le train est très ....

c) La porte de la classe est <u>fermée</u>.

La porte de la classe est ....

3 Remplace le mot souligné par un synonyme.

a) Les cerises du jardin sont <u>bonnes</u>.

Les cerises du jardin sont ....

b) Cet immeuble est <u>immense</u> !

Cet immeuble est .... !

c) L'oiseau <u>grignote</u> du pain.

L'oiseau .... du pain.

Le français au quotidien

Le contraire d'un mot est parfois construit à partir du mot lui-même.
Ex. : utile/inutile, heureux/malheureux, obéir/désobéir...

25

Les mots de la même famille

1 Je comprends

Une **famille de mots**, ce sont des mots…

- qui se ressemblent ;
- qui parlent de la même chose.

Ex. : terre, terrien, terrestre.

À toi de jouer !

Le jeu des mimes

Un des joueurs mime une action, l'autre doit faire une phrase qui contient plusieurs mots de la même famille.

Ex. : On mime « chanter ».
L'autre joueur peut dire :
« La chanteuse chante une chanson ».

Conseil parents

Votre enfant peut faire des confusions s'il ne considère qu'un seul des deux critères : il peut prendre les mots pour des synonymes ou associer des mots qui se ressemblent. Pour éviter ces erreurs, il peut essayer de faire une phrase qui contient les deux mots et qui lui permet de vérifier qu'ils sont bien reliés par le sens et par la forme.

2 Je teste

Relie les mots de la même famille.

sauter •	• chevalier
dent •	• lecture
cheval •	• dentifrice
lire •	• sauterelle
chance •	• chanceux

3 Je m'entraîne

1 Trouve le nom du métier.

Le .... travaille dans la boulangerie.

Le .... soigne les dents malades.

Le .... vend des fleurs.

Le .... fait de la musique.

Le .... travaille dans un journal.

2 Sur chaque ligne, entoure le mot qui appartient à la même famille que le mot proposé.

faible : fort • faiblesse • petit

dessin : dessinateur • crayon • feuille

fermer : forme • ouvrir • fermeture

courir : coude • coupe • course

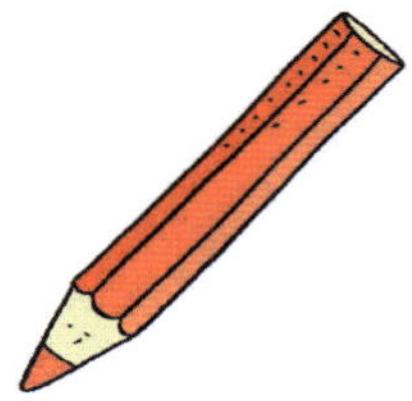

3 Regroupe les mots par famille.

laver • jardinier • lavabo • jardinerie • jardin • lavable • jardiner • lavoir

....	....
....	....
....	....
....	....

Le français au quotidien

Quand tu dois écrire une phrase et que tu ne sais pas comment s'écrit un mot, pense à un autre mot de la même famille que tu connais : cela t'aidera à éviter les fautes !

26

La phrase

1 Je comprends

Une phrase est une suite de mots qui a un sens.
Elle commence par une majuscule et se termine par un point.

une majuscule pour commencer

des mots qui ont un sens ← **une phrase** → un point pour finir

Ex. : Demain, on va au parc.

À toi de jouer !

Le jeu des mots imposés

Chacun son tour, on invente une phrase
avec les mots que l'autre joueur nous donne.

Ex. : Fais une phrase avec les mots « rêve » et « lit ».

Conseil parents

Les lecteurs débutants peuvent avoir tendance à confondre *phrase* et *ligne*. Si votre enfant s'arrête à la fin d'une ligne ou qu'il continue à lire malgré le point, vous pouvez matérialiser la pause en faisant un trait oblique.

2 Je teste

Colorie les phrases. Explique pourquoi les autres groupes de mots ne sont pas des phrases correctes.

Mon petit frère s'appelle Pierre.

Chauffeur bus conduit bien

un animal sauvage traverse la route

La maîtresse distribue les cahiers.

3 Je m'entraîne

1 Lis le texte puis complète la phrase en dessous.

Une jeune fille se promène dans la rue. Elle passe devant une grande et belle maison. Elle la trouve vraiment jolie. Elle s'assoit sur un banc en face de la maison. Elle prend un crayon et commence à la dessiner dans son carnet. Quand le dessin est fini, elle se lève et continue sa promenade.

Dans ce texte, il y a .... phrases et .... lignes.

2 Écris une phrase qui raconte ce qu'il se passe sur l'image.

....

....

....

....

....

....

3 Remets les mots dans l'ordre pour écrire une phrase correcte.

N'oublie pas la majuscule et le point.

a) arbre mange les la de l' girafe feuilles

....

b) cuisinier gâteau un prépare le

....

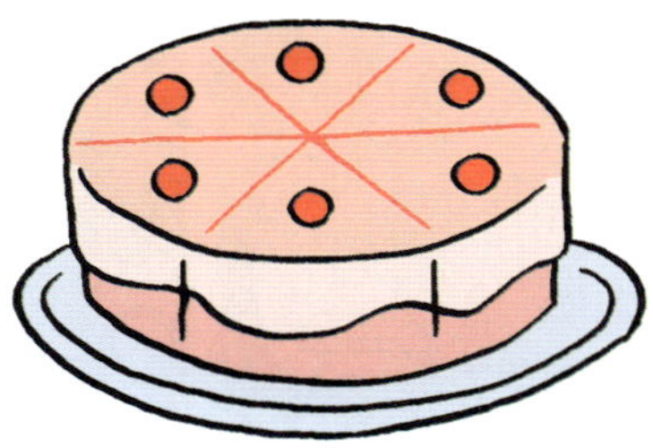

Le français au quotidien

Les **poésies** ne suivent pas toujours les mêmes règles que les autres textes : il n'y a pas forcément de point pour finir et il peut y avoir des majuscules à chaque début de ligne.

Le nom

1 Je comprends

Un **nom** est un mot qui désigne :

une personne	un animal	un objet
boulanger	écureuil	chaise
artiste	souris	voiture
fille	chien	gomme

• Un **nom commun**, c'est un nom qui désigne une personne ou un objet en général, sans le différencier des autres objets identiques.

• Un **nom propre**, c'est un nom qui désigne une personne, un lieu ou un objet en particulier
Les noms propres commencent par une majuscule.

Ex. : Simone, l'Europe, la tour Eiffel…

! À toi de jouer !

Le jeu des devinettes

Choisis un nom. L'autre joueur pose des questions pour essayer de deviner de quel nom il s'agit.

Conseil parents

Pour aider votre enfant à comprendre la notion de nom, vous pouvez lui donner une astuce : chaque chose que l'on peut pointer du doigt porte un nom.

2 Je teste

Écris le nom de cinq objets que tu vois sur cette image.

....

....

....

....

....

3 Je m'entraîne

1 Colorie le nom dans les groupes de mots.

une belle poupée	la table rectangulaire	les voitures rouges
une maison hantée	une horrible araignée	le dernier gâteau

2 Entoure les noms communs en bleu et les noms propres en rouge.

Jeanne	feuille	planète	France
rivière	Marseille	fille	Bruno
ville	garçon	Neptune	Loire

3 Complète la phrase avec un nom qui convient.

a) Le samedi, je vais à la .... avec ma copine.

b) Je connais une ville qui s'appelle ....

c) Ce .... a été construit par un homme très célèbre.

4 Entoure la bonne réponse : vrai ou faux ?

a) Un nom permet de décrire une action.

Vrai Faux

b) Un nom commun désigne quelque chose d'unique.

Vrai Faux

c) Le Canada est un nom propre.

Vrai Faux

Le français au quotidien

Il existe des noms qui ont **plusieurs sens.** Les mots qui se trouvent autour nous permettent de comprendre de quoi on parle.

*Ex. : une **bande** de papier, une **bande** d'amis.*

CORRIGÉS - LIVRET P. 34

28 Le masculin et le féminin

1 Je comprends

Un nom est **masculin** quand on peut mettre **un** ou **le** devant.

un papillon

le livre

Un nom est **féminin** quand on peut mettre **une** ou **la** devant.

une voiture

la girafe

À toi de jouer !

Le jeu des animaux

Trouve cinq animaux pour lesquels les noms du mâle et de la femelle ne se ressemblent pas.

Ex. : la jument et le cheval.

Conseil parents

Les notions de genre (et de nombre) sont très importantes pour que votre enfant comprenne plus tard les notions d'accord en grammaire. N'hésitez pas à reprendre cette leçon dans d'autres contextes pour en faciliter la compréhension.

2 Je teste

Écris un ou une devant chaque nom.

.... biberon	.... fantôme	.... chemise
.... moustache	.... cahier	.... jardin
.... poubelle	.... couronne	.... table

3 Je m'entraîne

1 **Écris les noms dans la bonne colonne.**

fleur • lettre • avion • cage • cochon • jambe • pain •
salade • poche • miroir • lion • souris

Noms féminins	Noms masculins

2 **Mets les noms au masculin. N'oublie pas le petit mot avant le nom !**

- une boulangère → ....
- la directrice → ....
- une princesse → ....
- une serveuse → ....
- la voisine → ....

3 **Trouve l'intrus dans chaque liste.**

a) chaise • porte • table • canapé • étagère

b) feutre • gomme • stylo • crayon • cartable

c) pantalon • chaussure • chemise • veste • ceinture

Le français au quotidien

Les **déterminants** (les mots qui accompagnent le nom) sont soit **masculins** soit **féminins**.
Mais certains sont l'un et l'autre.
*Ex. : le **l'** peut accompagner un nom féminin (l'armoire) ou un nom masculin (l'agent).*

CORRIGÉS - LIVRET P. 34

29 Le singulier et le pluriel

1 Je comprends

Un nom est au **singulier** quand il n'y en a qu'un seul.
On met **le**, **la**, **l'**, un ou **une** devant.

un poisson

l'avion

Un nom est au **pluriel** quand il y en a plusieurs.
On met **les** ou **des** devant.
Quand un nom est au **pluriel**, on met un **s** à la fin.

des poissons

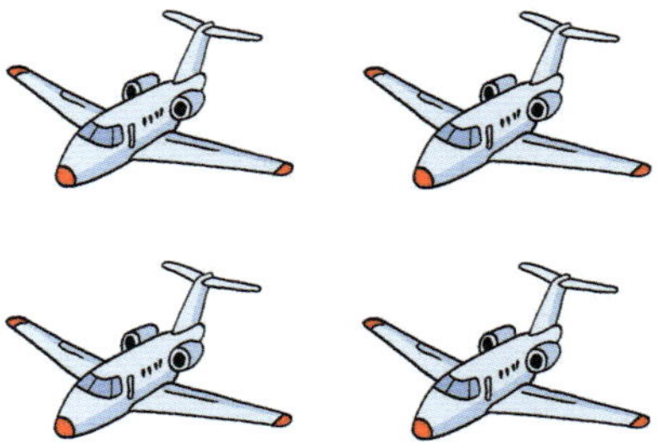

les avions

À toi de jouer !

Le jeu des objets

Cherche chez toi le nom des objets que tu utilises au singulier et le nom de ceux que tu utilises au pluriel.

Ex. : une fourchette, des chaussons.

Conseil parents

Il existe d'autres formes du pluriel que le **s**. Ici, le but est de faire acquérir à votre enfant un des principes fondamentaux de la grammaire : les mots varient selon la situation dans laquelle ils sont utilisés.

2 Je teste

Écris le, la ou les devant les noms.

.... patins	.... lionnes	.... disque
.... train	.... musicienne	.... barrières

3 Je m'entraîne

1 **Colorie en jaune les noms au singulier, en bleu les noms au pluriel.**

un cheval	une trottinette	des pirates
les portes	la souris	les cahiers

2 **Mets le nom au pluriel.**

- un bouton → ....
- le phare → ....
- l'escargot → ....
- une voiture → ....
- le crayon → ....

3 **Entoure l'intrus dans chaque liste.**

a) assiette • couteau • fourchettes • verre • serviette

b) voitures • camions • vélos • bateau • trains

c) lapins • chat • perroquet • crocodile • requin

4 **Relie le déterminant au singulier à sa forme au pluriel.**

le •	
un •	• des
une •	• les
la •	

Le français au quotidien

Quand on met au **pluriel** un nom qui commence par une voyelle, la **liaison** avec le déterminant en modifie le son.
Ex. : un ours, des ours.

30

Le verbe et son sujet

1 Je comprends

Le **verbe** est un mot qui dit ce qu'on fait, c'est une action.

On le trouve **conjugué** ou à l'**infinitif**.

Le **sujet** du verbe, c'est la personne qui fait l'action.

Ex. : Le garçon ***traverse*** *la rue.*

Le verbe conjugué, c'est *traverse* : c'est l'action de traverser.

Le sujet du verbe, c'est *le garçon* : c'est lui qui traverse.

À toi de jouer !

Le jeu des mimes

Choisis un verbe et fais-le deviner à l'autre en le mimant.

Ex. : jouer de la guitare.

Conseil parents

Dans les activités de tous les jours, quand votre enfant observe une situation, vous pouvez lui rappeler cette leçon en lui demandant d'identifier le verbe et son sujet.

2 Je teste

Entoure les verbes.

bleu	nager	courir	feuilles
regarder	assiette	citron	prendre
boulanger	chercher	mentir	point

3 Je m'entraîne

1 Entoure les verbes dans les phrases.

a) L'écureuil grimpe dans l'arbre.

b) Papa et moi préparons à manger ce soir !

c) Mon cousin lance la balle très haut.

d) Tu joues souvent dehors.

2 Complète les phrases avec un verbe qui convient.

Le jeune homme .... par terre.

Il .... la balle à son chien.

Fanny .... un grand trou.

3 Trouve l'infinitif du verbe.

- Je porte, c'est le verbe ....
- Nous dormons, c'est le verbe ....
- Elles discutent, c'est le verbe ....
- Le lapin grignote, c'est le verbe ....

4 Trouve le verbe et son infinitif.

Mon copain court. → ....

Amina prépare un bon repas. → ....

Jules range ses jouets. → ....

Le chat saute au-dessus de la barrière. → ....

Le français au quotidien

Pour apprendre à **conjuguer les verbes**, on utilise les mots **je**, **tu**, **il**, **elle**, **on**, **nous**, **vous**, **ils**, **elles** : ce sont des pronoms sujets.

CORRIGÉS - LIVRET P. 35

Le présent

1 Je comprends

Quand l'action du verbe a lieu **maintenant**, on dit que le verbe est conjugué au **présent**.

Ex. : je lis, mon copain joue.

Avant ⟷ **Maintenant** ⟷ **Après**

↑

Présent

À toi de jouer !

Ma journée type

Raconte le programme d'une journée en faisant la liste de toutes les activités que tu fais.

Ex. : je me réveille, je me lave…

Conseil parents

Pour vérifier qu'un verbe est bien au présent, votre enfant peut dire la phrase ou le verbe en y ajoutant un des groupes de mots suivants : *maintenant ; en ce moment.*
Ex. : La nourrice prépare une confitur
→ En ce moment, la nourrice prépare une confiture.

2 Je teste

Entoure les verbes au présent.

Le papa de Sandrine fait du vélo.

Hier, tu es tombé dans la cour.

Sébastien ira au marché demain.

Le rossignol chante dans la forêt.

3 Je m'entraîne

1 Colorie le verbe au présent dans chaque phrase.

Ma sœur | avance | avancera | avançait | sur le chemin.

Jessica | observait | observe | observera | les oiseaux.

Vous | demandiez | demanderez | demandez | un conseil.

2 Relie le verbe conjugué au sujet qui convient.

elle •	• cherchent
les inspecteurs •	• cherche
nous •	• cherchez
vous •	• cherchons

3 Complète les phrases avec un verbe au présent.

Cette fille .... de la trottinette.

Nous .... en balade dans la forêt.

Vous .... des cadeaux à tout le monde.

Les chanteurs .... sur la scène.

Le français au quotidien

On utilise le **présent** pour raconter des histoires, pour décrire une situation ou encore pour donner des informations.

32

Le futur

1 Je comprends

Quand l'action du verbe aura lieu **plus tard**, on dit que le verbe est conjugué au **futur**.

Ex. : tu iras, elle chantera.

Avant ⟷ Maintenant ⟷ Après

↑

Futur

! À toi de jouer !

Le jeu des activités

Le soir, avant de te coucher, prépare le programme du lendemain en faisant la liste de tout ce que tu feras.

Conseil parents

Pour vérifier qu'un verbe est bien au futur, votre enfant peut dire la phrase ou le verbe en y ajoutant un des groupes de mots suivants : *plus tard • demain • quand je serai grand.*
Ex. : Je poserai une question.
→ Demain, je poserai une question.

2 Je teste

Entoure les verbes au futur.

Mon frère a perdu sa montre.

Les déménageurs transporteront des meubles.

Un hélicoptère est passé dans le ciel.

Nathalie viendra me voir chez moi.

3 Je m'entraîne

1 Colorie le verbe au futur dans chaque phrase.

Je | trouvais | trouverai | trouve | la solution.

Les passagers | attendent | attendaient | attendront | le départ.

Nous | partagerons | partageons | partagions | le gâteau.

2 Relie le verbe conjugué au sujet qui convient.

je •	• mangera
la souris •	• mangeront
les invités •	• mangerez
vous •	• mangerai

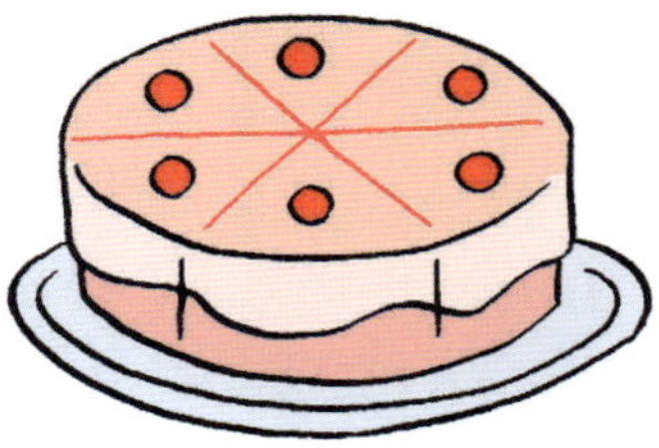

3 Complète les phrases avec un verbe au futur.

Dans quelques années, je .... au collège.

Les docteurs .... les maladies plus facilement.

Vous .... une surprise pour lui.

La Terre .... toujours autour du soleil.

Le français au quotidien

Quand on utilise le **futur**, cela veut dire qu'on est sûr (ou presque sûr) que les choses vont se passer.

Bilan

Le son é

1 Entoure l'image si tu entends le son é.

2 Colorie les lettres qui font le son é.

manger rendez-vous écureuil

3 Entoure les mots dans lesquels tu entends le son é.

chez serpent

perroquet crème

4 Recopie le mot suivant qui contient le son é.

fée

....

5 Cite 5 noms de métiers dans lesquels on entend le son é.

....

....

....

....

....

.../5

Le son è

1 Entoure l'image si tu entends le son è.

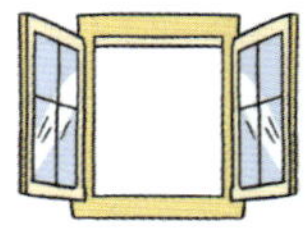  

2 Colorie les lettres qui font le son è.

neige craie fête

3 Entoure les mots dans lesquels tu entends le son è.

reine dromadaire

chaton après

4 Recopie le mot suivant qui contient le son è.

aigle

....

5 Trouve 5 noms d'habitants de pays ou de ville avec le son è.

....

....

....

....

....

.../5

CORRIGÉS - LIVRET P. 35

Le son o

1 **Entoure l'image si tu entends le son o.**

 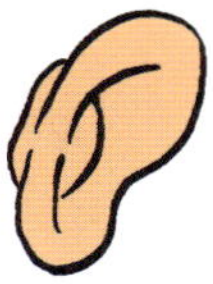 

2 **Colorie les lettres qui font le son o.**

mot   râteau   hauteur

3 **Entoure les mots dans lesquels tu entends le son o.**

jouer   fossé

guêpe   moineau

4 **Recopie le mot suivant qui contient le son o.**

veau

....

5 **Trouve 5 noms d'animaux avec le son o.**

....

....

....

....

....

…/5

Le son s

1 **Entoure l'image si tu entends le son s.**

  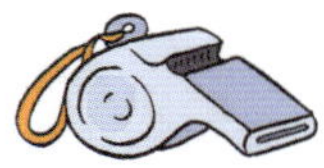

2 **Colorie les lettres qui font le son s.**

conseil   cerise   ânesse

3 **Entoure les mots dans lesquels tu entends le son s.**

tigres   cinéma

garçon   bosse

4 **Recopie le mot suivant qui contient le son s.**

scie

....

5 **Répète plusieurs fois la phrase suivante :**

Cinq saumons souriants sautent

sur le cerceau de Cécile.

…/5

Bilan

Le son z

1 **Entoure l'image si tu entends le son z.**

2 **Colorie les lettres qui font le son z.**

pizza oiseau surprise

3 **Entoure les mots dans lesquels tu entends le son z.**

douze magasin

dessin sirop

4 **Recopie le mot suivant qui contient le son z.**

0

zéro

....

5 **Trouve 5 mots où on entend le son z au début, quand il y a les ou des devant.**

....

....

....

....

....

.../5

Le son k

1 **Entoure l'image si tu entends le son k.**

2 **Colorie les lettres qui font le son k.**

carafe cirque haïku

3 **Entoure les mots dans lesquels tu entends le son k.**

cueillir coque

bouquetin chiot

4 **Recopie le mot suivant qui contient le son k.**

ski

....

5 **Trouve 5 objets qui sont chez toi avec le son k.**

....

....

....

....

....

.../5

CORRIGÉS - LIVRET P. 35

Le son g

1 Entoure l'image si tu entends le son g.

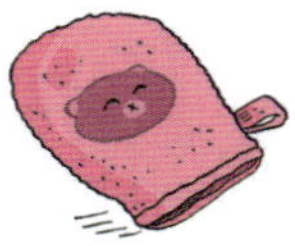  

2 Colorie les lettres qui font le son g.

aigle dingue blague

3 Entoure les mots dans lesquels tu entends le son g.

gris âge

igloo orgue

4 Recopie le mot suivant qui contient le son g.

vague

5 Répète plusieurs fois la phrase suivante :

Gary jongle gaiement
et Gabin glousse.

…/5

Le son j

1 Entoure l'image si tu entends le son j.

2 Colorie les lettres qui font le son j.

magie plage joli

3 Entoure les mots dans lesquels tu entends le son j.

orange télévision

jaguar bison

4 Recopie le mot suivant qui contient le son j.

jeu

5 Répète plusieurs fois la phrase suivante :

Georges joue joyeusement
à la plage jusqu'à jeudi.

…/5

Bilan

Le son ch

1 Entoure l'image si tu entends le son ch.

2 Colorie les lettres qui font le son ch.

charade couché chenille

3 Entoure les mots dans lesquels tu entends le son ch.

chapeau clavier

score bouche

4 Recopie le mot suivant qui contient le son ch.

chute

....

5 Répète plusieurs fois la phrase suivante :

Le chien de la niche cherche

chez qui chouiner !

…/5

Le son f

1 Entoure l'image si tu entends le son f.

2 Colorie les lettres qui font le son f.

chef flou microphone

3 Entoure les mots dans lesquels tu entends le son f.

nénuphar pastèque

phrase féroce

4 Recopie le mot suivant qui contient le son f.

faon

....

5 Trouve 5 objets de ta maison avec le son f.

....

....

....

....

....

…/5

CORRIGÉS - LIVRET P. 36

Le son v

1 Entoure l'image si tu entends le son v.

2 Colorie les lettres qui font le son v.

violon avoir chèvre

3 Entoure les mots dans lesquels tu entends le son v.

affaire vert

agneau betterave

4 Recopie le mot suivant qui contient le son v.

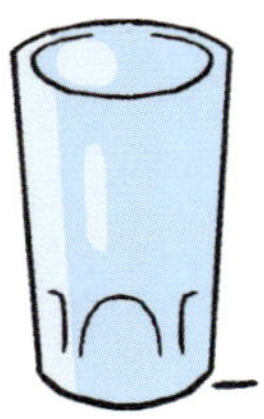

verre

....

5 Trouve des mots qui finissent en if au masculin et en ive au féminin.

....

....

....

....

....

....

.../5

Le son ou

1 Entoure l'image si tu entends le son ou.

2 Colorie les lettres qui font le son ou.

coude babouin fou

3 Entoure les mots dans lesquels tu entends le son ou.

collier bijou

filet oursin

4 Recopie le mot suivant qui contient le son ou.

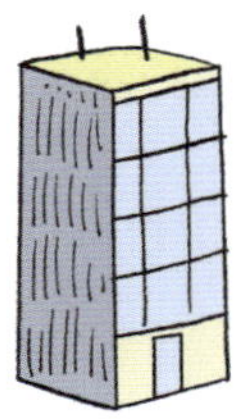

tour

....

5 Connais-tu des mots qui viennent d'une autre langue avec le son ou ?

....

....

....

....

....

....

.../5

Bilan

Le son eu

1 Entoure l'image si tu entends le son eu.

2 Colorie les lettres qui font le son eu.

jeu vieux cheval

3 Entoure les mots dans lesquels tu entends le son eu.

danseur levier
fraise tableau

4 Recopie le mot suivant qui contient le son eu.

feu

....

5 Trouve 5 adjectifs qui contiennent le son eu pour décrire ta maison.

....

....

....

....

....

.../5

Le son an

1 Entoure l'image si tu entends le son an.

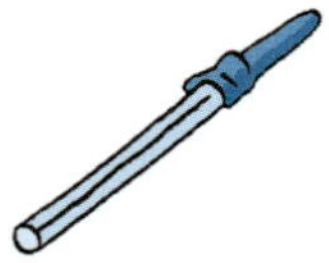

2 Colorie les lettres qui font le son an.

ancien balançoire champ

3 Entoure les mots dans lesquels tu entends le son an.

gland maman
caillou marrant

4 Recopie le mot suivant qui contient le son an.

100 cent

....

5 Trouve 5 mots qui finissent par ment, comme absolument ou vraiment.

....

....

....

....

....

.../5

CORRIGÉS - LIVRET P. 36

Le son in

1 **Entoure l'image si tu entends le son in.**

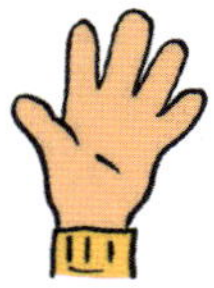

2 **Colorie les lettres qui font le son in.**

malin   frein   copain

3 **Entoure les mots dans lesquels tu entends le son in.**

bain   poire

calme   camion

4 **Recopie le mot suivant qui contient le son in.**

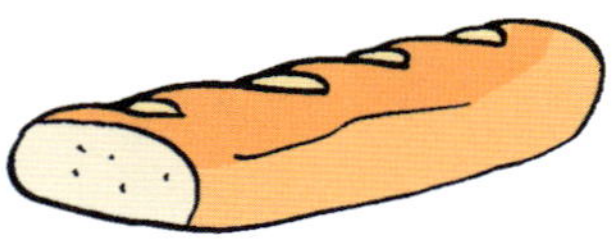

pain

....

5 **Trouve 3 mots dans lesquels on entend le son in pour décrire ton meilleur copain.**

....

....

....

.../5

Le son on

1 **Entoure l'image si tu entends le son on.**

2 **Colorie les lettres qui font le son on.**

balcon   jouons   ombre

3 **Entoure les mots dans lesquels tu entends le son on.**

flan   escargot

bronzé   tronc

4 **Recopie le mot suivant qui contient le son on.**

pont

....

5 **Trouve 5 noms de bébés animaux qui contiennent le son on.**

....

....

....

....

.../5

CORRIGÉS - LIVRET P. 36

Bilan

Le son oi

1 **Entoure l'image si tu entends le son oi.**

2 **Colorie les lettres qui font le son oi.**

quoi choix mouchoir

3 **Entoure les mots dans lesquels tu entends le son oi.**

rasoir car

tableau poids

4 **Recopie le mot suivant qui contient le son oi.**

oie

5 **Trouve 5 verbes qui contiennent le son oi.**

…/5

Le son gn

1 **Entoure l'image si tu entends le son gn.**

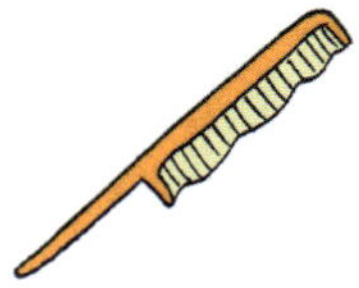  

2 **Colorie les lettres qui font le son gn.**

gagné beignet signature

3 **Entoure les mots dans lesquels tu entends le son gn.**

ange mignon

lasagne soigné

4 **Recopie le mot suivant qui contient le son gn.**

cygne

5 **À quelles autres lettres te fait penser le son gn ?**

…/5

Les sons ill et y

1 **Entoure l'image si tu entends le son ill.**

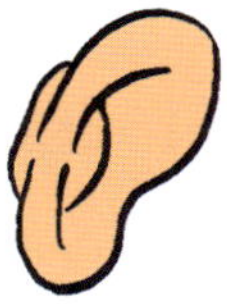

2 **Colorie les lettres qui font le son y.**

kayak yaourt moyenne

3 **Entoure les mots dans lesquels tu entends le son ill.**

gorille fille

travail bouillon

4 **Recopie le mot suivant qui contient le son ill.**

cuillère

5 **Trouve 3 noms d'objets dans ta maison qui contiennent le son ill ou y.**

.../5

Les sons eil, euil, ail et ouil

1 **Entoure l'image si tu entends le son euill.**

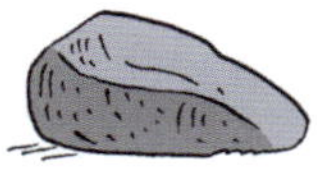

2 **Colorie les lettres qui font le son eil.**

vieille payer orteil

3 **Entoure les mots dans lesquels tu entends le son ail.**

chevreuil vitrail

meule loyal

4 **Recopie le mot suivant qui contient le son ouil.**

se mouiller

5 **Trouve 3 objets dans ta maison qui contiennent le son eil ou ail ou ouil.**

.../5

CORRIGÉS - LIVRET P. 36

Bilan

Les sons ian, ion et ien

1 Entoure l'image si tu entends le son ion.

2 Colorie les lettres qui font le son ian.

science triangle étudiant

3 Entoure les mots dans lesquels tu entends le son ien.

bien foin

gardien plein

4 Recopie le mot suivant qui contient le son ion.

lion

....

5 Répète plusieurs fois la phrase suivante :

Le chien méfiant craint le lion

souriant pour rien.

.../5

La lettre x

1 Entoure le mot si la lettre x fait le son ks.

extraordinaire six réflexe

2 Entoure le mot si la lettre x fait le son gz.

poux exercice examen

3 Entoure le mot si la lettre x fait le son s.

coccyx soixante choix

4 Recopie les mots dans la bonne colonne.

dix • croix • exil • pixel

x fait le son **ks**.	**x** fait le son **gz**.	**x** fait le son **s**.	**x** ne fait pas de son.
....	....	....	....

5 Que remarques-tu si tu lis « deux enfants » ? Peux-tu trouver d'autres exemples ?

....

....

....

....

....

....

....

.../5

CORRIGÉS - LIVRET P. 36-37

L'alphabet

1 Entoure les lettres de l'alphabet.

G	[	N	!	O
☻	a	h	~	4

2 Entoure les lettres qui sont des voyelles.

A	*f*	u	*i*	gn
y	**J**	P	e	*z*

3 Retrouve la voyelle manquante dans chaque mot.

b……teau	h……stoire	fr……mage
tort……e	ch……min	anal……se

4 Entoure le dessin qui contient plus de voyelles que de consonnes.

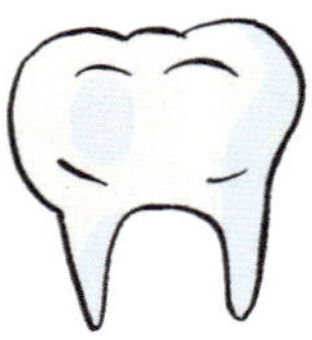

5 Récite l'alphabet en tapant dans tes mains à chaque fois que tu dis une voyelle.

…/5

Les synonymes et les contraires

1 Relie ensemble les bons synonymes.

beau •	• mince
fin •	• écouter
effrayé •	• joli
entendre •	• apeuré

2 Remplace le mot souligné par un synonyme.

Maman va au travail en <u>auto</u>.

Maman va au travail en …………………………… .

3 Relie ensemble les bons contraires.

s'amuser •	• debout
lumière •	• s'ennuyer
assis •	• grand
petit •	• ombre

4 Remplace le mot souligné par un contraire.

Le chien du voisin est <u>bruyant</u>.

Le chien du voisin est …………………………… .

5 Entoure l'intrus dans chaque liste.

- gentil sympa méchant serviable
- faible solide fort robuste

…/5

Bilan

Les mots de la même famille

1 Colorie les lettres qui sont en commun dans cette famille de mots.

cloche clochette clocher

2 Trouve le nom du métier pour chaque dessin.

3 Entoure les mots qui appartiennent à la même famille que celui proposé.

- jouer → plateau • jeu • cartes
- forme → ferme • fermer • format

4 Trouve 2 mots de la même famille que « chanter ».

5 Trouve une famille d'au moins 3 mots pour décrire quelque chose que tu aimes.

.../5

La phrase

1 Il y a 2 erreurs dans la phrase suivante. Corrige-les.

le vélo dépasse la trottinette

2 Remets les éléments dans l'ordre pour former une phrase.

carottes Le mange . des lapin

3 Écris une phrase avec les mots « chocolat » et « boire ».

4 Qu'est-ce qui manque pour que cette phrase ait un sens ?

Le train vite.

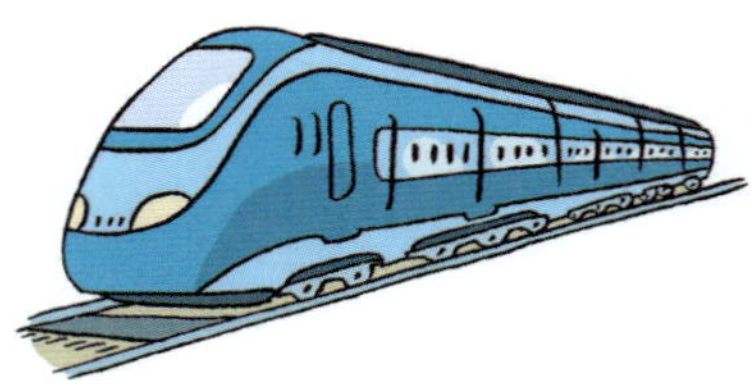

5 Ouvre ce livre page 140 et compte le nombre de phrases qu'elle contient.

Elle contient ☐ phrases.

.../5

CORRIGÉS - LIVRET P. 37

Le nom

1 **Nomme 5 objets qui se trouvent dans cette illustration.**

2 **Entoure le nom dans ces groupes de mots.**

le grand bateau — la vieille table

mon frère mange — une voisine gentille

3 **Complète la phrase avec un nom qui convient.**

- Lou aime jouer au .... avec Tom.
- Demain, nous partons en vacances à ....

4 **Entoure les noms propres.**

locomotive — Clara

Espagne — tableau

5 **Trouve deux sens au nom « tour ».**

....

....

.../5

Le masculin et le féminin

1 **Écris le masculin de ces mots.**

- la tigresse → le ....
- la jument → le ....

2 **Écris le féminin de ces mots.**

- le moniteur → la ....
- le coiffeur → la ....

3 **Écris « un » ou « une » devant chaque nom.**

...... peluche — ...... appartement

...... étoile — ...... arbre

4 **Trouve l'intrus dans chaque liste.**

a) terre • champignon • fleur • plante

b) poireau • carotte • pomme de terre • tomate

5 **Entoure les mots féminins.**

l'animal — l'école

l'épicerie — l'heure

.../5

Bilan

Le singulier et le pluriel

1 Écris le, la ou les devant chaque nom.

.... chaussures .... conte

.... fourmi .... fenêtres

2 Entoure les noms au pluriel.

océans livres

tableau étagère

3 Écris le nom au pluriel.

• un canard

→ ....

• une robe

→ ....

4 Trouve l'intrus dans chaque liste.

a) loups • cerf • oursons • chouettes

b) marteau • scie • haches • clou

5 Trouve 2 objets que tu utilises souvent au pluriel.

....

....

.../5

Le verbe et son sujet

1 Entoure les verbes.

chapeau nager courir

paille prendre avoir

2 Complète la phrase avec un verbe qui correspond à l'image.

Jeanne .... un livre.

3 Trouve l'infinitif du verbe.

• Elle gagne. → ....

• Jules grandit. → ....

• Mes parents rient. → ....

4 Entoure le verbe et souligne le sujet.

• La souris se cache dans la cave.

• On mange bien chez Mamie.

5 Complète la suite des pronoms sujets.

je .... il/elle/on

.... vous ils/elles

.../5

CORRIGÉS - LIVRET P. 37

Le présent

1 Entoure les verbes conjugués au présent.

- Avant, j'avais peur du noir.
- Papa adore cuisiner.
- Cette fille sera présidente.
- Ton hamster est drôle.

2 Relie le verbe conjugué au sujet qui convient.

Le voisin •	• mangeons
Les enfants •	• mangent
Tu •	• mange
Nous •	• manges

3 Colorie le bon verbe pour compléter la phrase.

Louis [aime] [aimons] [aimes] jouer dans le jardin.

Les lions [dorme] [dormez] [dorment] près du lac.

4 Complète la phrase avec un verbe au présent.

- Vous .... depuis une heure.
- Les sirènes .... sous l'eau.

5 Utilise au moins 3 verbes au présent pour raconter quelque chose sur toi.

....

....

....

.../5

Le futur

1 Entoure les verbes conjugués au futur.

- Le clown me fera rire.
- On a joué tout l'après-midi.
- Le gâteau sera bientôt prêt.
- Il faut être gentil.

2 Relie le verbe conjugué au sujet qui convient.

Nous •	• saura
Inès •	• sauras
Tu •	• saurai
Je •	• saurons

3 Colorie le bon verbe pour compléter la phrase.

Mina [étudieras] [étudieront] [étudiera] pour devenir médecin.

Nous [grandira] [grandirai] [grandirons] bientôt.

4 Complète la phrase avec un verbe au futur.

- Caroline et Alex .... du sport.
- Demain, vous .... des frites.

5 Utilise au moins 3 verbes au futur pour raconter ce que tu voudrais faire plus tard.

....

....

....

.../5

1

Les nombres de 0 à 9

1 Je comprends

Pour écrire des mots, on utilise des **lettres** et pour écrire des nombres, on utilise des **chiffres**.

0	1	2	3	4	5	6	7	8	9
zéro	**un**	**deux**	**trois**	**quatre**	**cinq**	**six**	**sept**	**huit**	**neuf**
zéro	*un*	*deux*	*trois*	*quatre*	*cinq*	*six*	*sept*	*huit*	*neuf*
	★	★★	★★★	★★ ★★	★★★ ★★	★★★ ★★★	★★★ ★★★ ★	★★★ ★★★ ★★	★★★ ★★★ ★★★

? Le sais-tu ?

Avant la découverte des chiffres, les humains comptaient en utilisant des **dessins** ou des **symboles**.

III

Conseil parents

Pour aider votre enfant à s'organiser lorsqu'il compte des objets, proposez-lui d'entourer ou de barrer l'objet dès qu'il est compté.

2 Je teste

Compte puis écris le nombre de fraises que tu vois.

 = ...

 = ...

 = ...

***Astuce**

Pour être sûr de n'oublier aucun élément, commence par compter un élément puis barre-le.

Aide-toi de la frise numérique pour te repérer dans la suite des nombres.

0 1 2 3 4 5 6 7 8 9

3 Je m'entraîne

1 Écris le nombre de cerises.

2 Dessine les poires dans le panier pour avoir le nombre indiqué.

3 Colorie les représentations du nombre de la bonne couleur.

0 1 2 3 4 5 6 7 8 9

4 Écris les chiffres comme sur le modèle.

1 un .... 5 ....
7 .... 6 ....
3 .... 9 ....

5 Colorie les cases qui représentent le 3.
Quel chiffre vois-tu apparaître ?

4	●●	vv	♥♥	5
IIII	3	III	●●●	●●
★★★ ★★★	●●●	♥	vvv	9
♥	★★★	III	3	IIIIII
SS	8	♥	★★★	ΛΛΛΛ
IIIIII	3	★★★	vvv	IIII

Le chiffre mystère est : ....

Les maths au quotidien

Tu utilises très souvent les nombres de 1 à 9. Pour fêter ton anniversaire, tu utilises des bougies ou un chiffre pour indiquer ton âge.
Pour compter des choses, tu peux utiliser tes doigts !

CORRIGÉS - LIVRET P. 38

2

Les nombres de 10 à 69

1 Je comprends

Les **nombres** sont rangés les uns à la suite des autres.

10	11	12	13	14	15	16	17	18	19
dix	onze	douze	treize	quatorze	quinze	seize	dix-sept	dix-huit	dix-neuf
dix	onze	douze	treize	quatorze	quinze	seize	dix-sept	dix-huit	dix-neuf

La suite des nombres est très logique.
À chaque nouveau groupe de 10, un nouveau mot est utilisé.

20	30	40	50	60
vingt	trente	quarante	cinquante	soixante
vingt	trente	quarante	cinquante	soixante

Ex. : On continue la suite : 20, 21, 22, 23, 24, 25, 26, 27, 28, 29, 30, 31...

? Le sais-tu ?

Pour lire chaque nombre entre 17 et 69,
on procède en deux étapes :

1. Lis le premier chiffre : *53 → le 5 se dit « cinquante ».*
2. Lis le deuxième chiffre : *53 → le 3 se dit « trois ».*

53 → cinquante-trois.

Conseil parents

Écrivez les chiffres de deux couleurs différentes. Le chiffre des dizaines en rouge le chiffre des unités en bleu, par ex Ainsi pour 44, le chiffre des diza se lit « quarante » et celui des unités se lit « quatre ».

2 Je teste

Écris le nombre d'éléments.

Il y a .... paquet de 10
et .... étoiles seules.

....

Il y a .... paquets de 10
et .... étoiles seules.

....

***Astuce** Lorsqu'il y a beaucoup d'éléments à compter, il faut être très organisé. Tu peux entourer les éléments par paquet : un paquet = 10 éléments. Ensuite, tu comptes le nombre de paquets et d'éléments restés seuls.

3 Je m'entraîne

1 Compte le nombre de fusées.

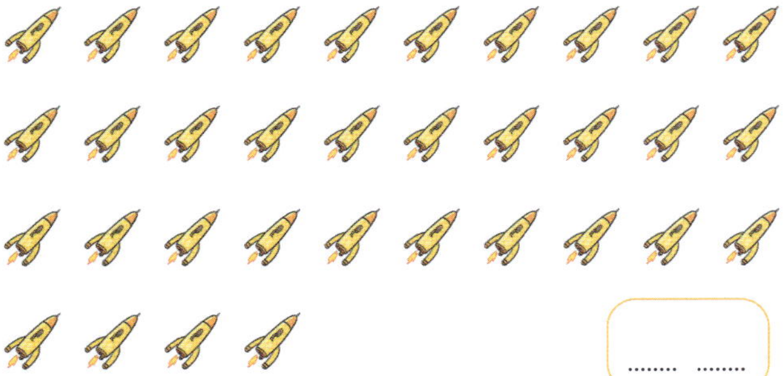

....

....

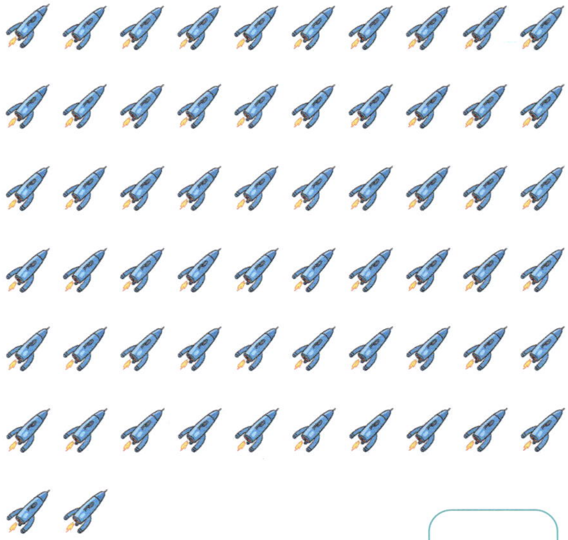

....

2 Écris ces nombres en chiffres.

trente-deux → ....
quarante-cinq → ....
vingt-trois → ....
cinquante-neuf → ....
soixante-sept → ....
seize → ....

3 Complète ces suites de nombres.

a)

37	39	41	....	....	....	....	....

b)

52	55	58	....	....	....	....	....

Jeu de maths !

Prends un papier et écris 3.
Prends un autre papier et écris 5.

Quels sont les deux nombres à deux chiffres que tu peux écrire ?

....

Les maths au quotidien

Les nombres entre 17 et 69 sont très souvent utilisés pour :

- **dire les âges :** *mon grand-père a 68 ans, mon père a 36 ans.*
- **mesurer des objets :** *ce tableau mesure 55 centimètres de long et 35 centimètres de largeur.*
- **écrire des prix.**

CORRIGÉS - LIVRET P. 38

3 Les dizaines et les unités

1 Je comprends

Le nombre **10** est utilisé pour faire des regroupements.

Lorsque que tu as compté 10 éléments, tu peux les entourer.
C'est **un paquet de 10**. On l'appelle une **dizaine**.

Certains éléments restent en dehors des paquets,
tu peux les compter **un par un**. Ils sont appelés des **unités isolées**.

Un nombre peut se décomposer en **dizaines** et en **unités isolées**.

Il y a **11** poussins.

Le sais-tu ?

10 est très pratique car il correspond au nombre de doigts.

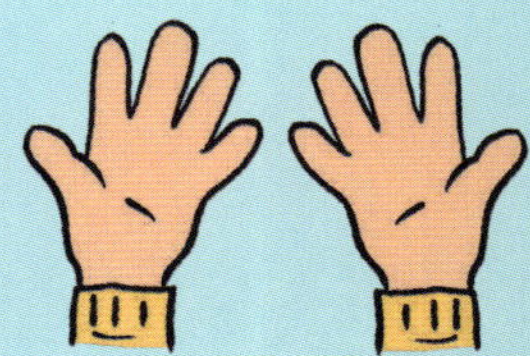

Conseil parents

Dites à votre enfant que dans **DI**ZAINE, on voit DI, comme DIX.
Dans **UN**ITÉ, on voit UN, comme le chiffre UN.

2 Je teste

Écris le nombre de dizaines et le nombre d'unités.

Il y a .... dizaine.

Il y a .... unités.

Le nombre de poules est ....

***Astuce**
Pour réussir les exercices, il ne faut oublier aucun élément. Commence par former un paquet de 10 et vérifie qu'il y a bien 10 éléments.

3 Je m'entraîne

1 Entoure par paquets de 10 et compte les oranges et les moutons.

a)

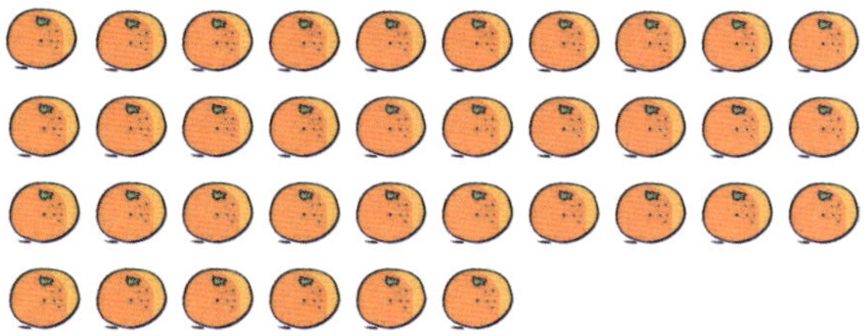

Il y a .... dizaines.

Il y a .... unités.

Le nombre représenté est ....

b)

Il y a .... dizaine.

Il y a .... unités.

Le nombre représenté est ....

2 Écris le nombre d'euros représenté par les pièces et les billets.

a)

Il y a .... euros.

b)

Il y a .... euros.

3 Dessine les pions sur le boulier.

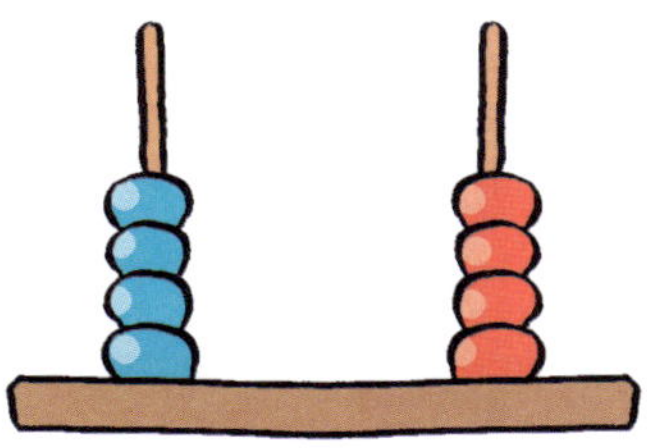

44

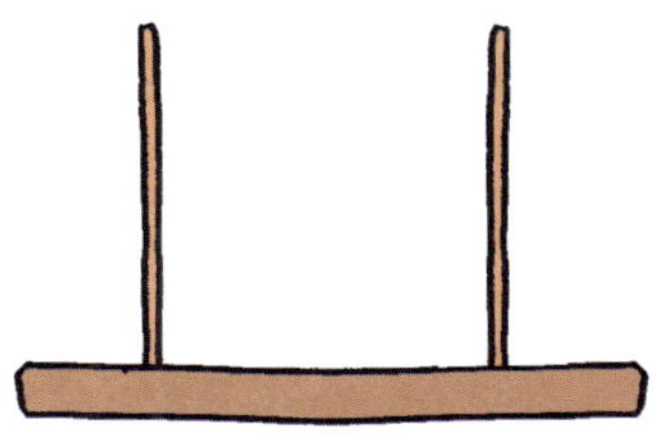

25

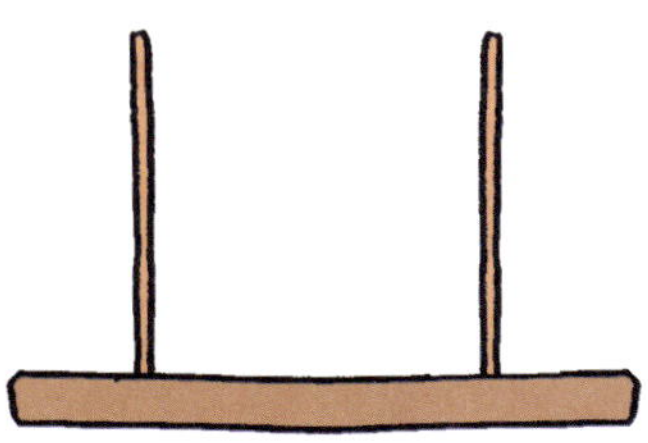

42

Jeu de maths !

Écris les nombres de 1 à 23.

Combien de fois as-tu écrit le chiffre 2 ? ....

Les maths au quotidien

Les regroupements par paquets facilitent la vie et évitent d'avoir à compter les éléments les uns après les autres.

- *Ex. : les œufs sont vendus par paquet de 6 ou de 12.*
- *Les jours sont regroupés par 7 pour former une semaine.*

4

Ordonner des nombres

1 Je comprends

Les nombres sont rangés les uns à la suite des autres.
Cet **ordre** ne peut pas changer :
chaque nombre a une place fixe sur la frise.

0	1	2	3	4	5	6	7	8	9	10	11

La frise commence à gauche par le zéro et continue vers la droite. →

	1	2	3	4	5	6	7	8	9
10	11	12	13	14	15	16	17	18	19
20	21	22	23	24	25	26	27	28	29
30	31	32	33	34	35	36	37	38	39
40	41	42	43	44	45	46	47	48	49
50	51	52	53	54	55	56	57	58	59
60	61	62	63	64	65	66	67	68	69

Les nombres sont ordonnés.

Le sais-tu ?

- Le 5 vient avant le 7, cela s'écrit aussi **5** < **7** et se dit parfois « **5 est plus petit que 7** ».
- Le 3 vient après le 1, cela s'écrit aussi **3** > **1** et se dit parfois « **1 est plus petit que 3** ».

Conseil parents

Ordonner est un mot difficile. Expliquez à votre enfant que « ordonner » signifie « être en ordre ». **ORD**ONNER est proche d'**ORD**RE.

2 Je teste

Compare les deux nombres en utilisant le symbole > ou <.

5 8

Pour réussir cet exercice, utilise la frise des nombres.
Pour comparer 5 et 8, commence par colorier les deux nombres sur la frise.

1	2	3	4	5	6	7	8	9	10

La frise se lit de gauche à droite.
La pointe du symbole < ou > est toujours dirigée vers le nombre le plus à gauche sur la frise. Le 5 vient d'abord, puis le 8.

***Astuce**
Le crocodile est gourmand, il croque toujours le plus grand nombre.

6  4

3 Je m'entraîne

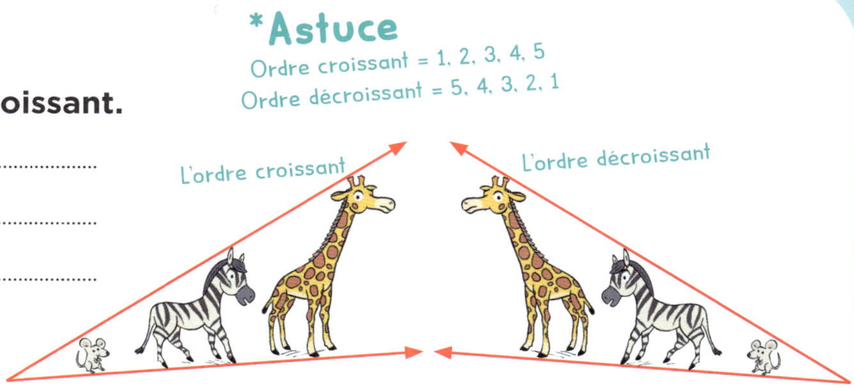

1 Écris les nombres dans l'ordre croissant.

6 ; 3 ; 4 → ....

5 ; 2 ; 1 → ....

8 ; 2 ; 9 → ....

2 Écris les nombres dans l'ordre décroissant.

12 ; 5 ; 7 → ....

10 ; 4 ; 12 → ....

23 ; 7 ; 9 → ....

3 Écris un symbole pour comparer les deux nombres. Aide-toi de la frise.

a) 4 9

1	2	3	4	5	6	7	8	9	10

b) 40 34

31	32	33	34	35	36	37	38	39	40

c) 52 56

51	52	53	54	55	56	57	58	59	60

4 Écris la dizaine entière qui vient juste avant et la dizaine entière qui vient juste après.

Dizaine entière juste avant	Nombre	Dizaine entière juste après
10	12	20
	36	
	28	
	42	

Les maths au quotidien

La suite des nombres est très souvent utilisée dans la vie de tous les jours pour repérer des éléments, par exemple les habitations dans une rue.

5

La somme

1 Je comprends

Avec les nombres, tu peux faire des calculs, comme une **addition**.

Ex. : dans ta trousse, il y a **9** *crayons rouges,* **6** *crayons verts et* **4** *crayons bleus. Tu veux savoir combien tu as de crayons en tout.*
L'action de mettre ensemble les crayons rouges, les crayons verts et les crayons bleus s'appelle une **somme**.

Une somme s'écrit avec un symbole **+** et qui se lit « plus ».
Tu peux écrire des sommes avec plusieurs nombres.

Ex. : 4 + 3 + 5 = 12. (Il y a 3 nombres.) 3 + 2 + 4 + 1 = 10 (Il y a 4 nombres.)

Dans une opération, chaque nombre s'appelle un **terme**.

Pour obtenir le résultat d'une somme, tu as plusieurs solutions :

1) Dessiner les éléments et compter ensemble tous les éléments.
Ex. : 3 + 6 → Tu dessines 3 cœurs et 6 cœurs : en tout, cela fait 9 cœurs.

2) Utiliser une calculatrice.

3) Écrire une addition en colonne : nous verrons cela dans une autre leçon.

? Le sais-tu ?

Il est possible de faire des sommes avec beaucoup d'éléments.
Par exemple : 1 + 2 + 3 + 4 + 5 + 6 + 7 + 8 + 9.
Sauras-tu écrire le résultat de cette somme ?

Conseil parents

Cette leçon comporte du vocabulaire nouveau : addition, somme, terme... Vérifiez que votre enfant le connaît.

2 Je teste

Entoure les termes en bleu et la somme en jaune.

15 + 3 = 18

***Astuce**
Tu as peut-être entendu le mot « addition ».
L'addition → c'est le nom de l'opération avec +.
La somme → c'est le nom du calcul.

3 Je m'entraîne

1 **Écris une somme de 2 termes pour décrire ce que tu vois.**

a)

3 + 4

b)

.... + ...

c)

.... + ...

2 **Écris le résultat des sommes.**

3 + 2 = ...	8 + 4 = ...	6 + 5 = ...
4 + 1 = ...	7 + 5 = ...	7 + 6 = ...
9 + 5 = ...	10 + 4 = ...	12 + 4 = ...

3 **Dessine les 2 tas de billes et écris le résultat.**

Marius a 7 billes.

Il gagne 8 billes.

Combien a-t-il de billes en tout ?

La somme et le résultat :

.... + ... = ...

4 **Colorie toutes les cases dont le résultat est 8.**

	4 + 4	5 + 3	2 + 6	8 + 2	4 + 1
1 + 2	5 + 5	7 + 3	4 + 4	9 + 1	5 + 2
4 + 2	5 + 1	2 + 6	5 + 3	8 + 2	7 + 3
1 + 6	4 + 3	1 + 7	3 + 4	7 + 2	5 + 5
7 + 2	5 + 2	2 + 6	1 + 7	3 + 5	

Les maths au quotidien

Très souvent, tu utilises la somme de plusieurs nombres :

- Pour savoir le nombre de points présents sur deux dés.

- Pour savoir le nombre de points sur un domino.

- Pour connaître le prix à payer pour acheter plusieurs articles.

6 La différence

1 Je comprends

Pour calculer une **différence**, on fait une **soustraction**.
Pour cela, on recule ou on enlève.
Une **différence** s'écrit avec un symbole **–** et qui se lit « moins ».
Elle permet de comparer 2 éléments.

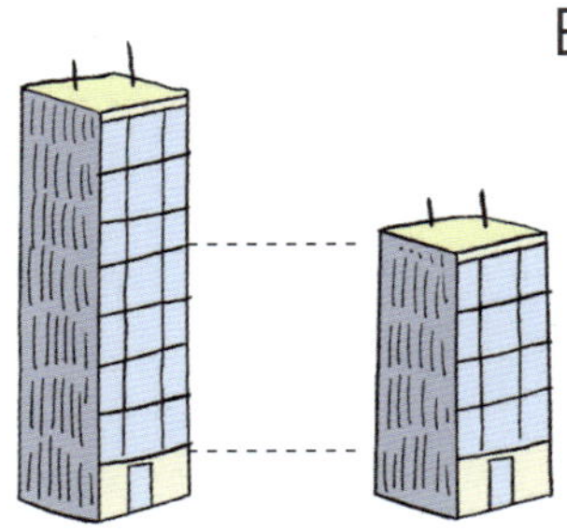

Tour 1 Tour 2

La tour 1 et la tour 2 ont 4 étages en commun.

La différence s'écrit 7 – 4.

Le résultat de cette différence est 3.

Conseil parents

Précisez à votre enfant, en vous appuyant sur l'exemple des tours, que la différence, c'est ce qui n'est pas en commun.

Le sais-tu ?

Il existe des nombres avant le zéro.
Tu as déjà vu cela sur les boutons de l'ascenseur : lorsque tu es à l'étage 2 et que tu descends de 3 étages, tu arriveras à l'étage – 1.
Tu utiliseras ces nombres lorsque tu seras au collège.

2 Je teste

Calcule une différence.

Pour calculer le résultat d'une différence, tu as deux possibilités :

13 – 5

- **Utilise la frise numérique**

1	2	3	4	5	6	7	8	9	10	11	12	13	14
							←	←	←	←	←		

Ton pion est sur la case 13.
Tu recules de 5 cases : ton pion est sur la case 8.

- **Utilise des pions**

Tu barres 5 pions.
Il reste 8 pions.

***Astuce**

Pour écrire une **différence**, commence par écrire le nombre le plus éloigné de 1. La différence entre 5 et 13 s'écrit 13 – 5 et non pas 5 – 13.

3 Je m'entraîne

1 Écris la différence pour comparer les 2 tours.

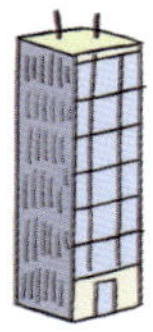	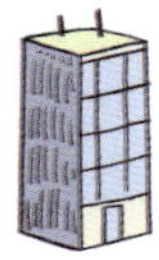	6 - 4
	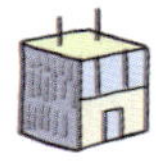	.... - ....
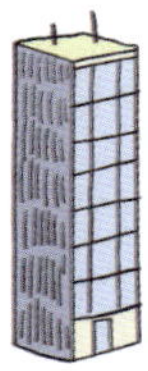	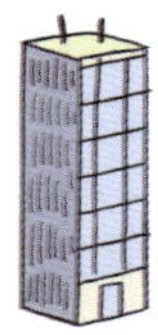	.... - ....

2 Colorie la case où arrive la fourmi.

La fourmi est sur la case 10 et elle recule de 6 cases.

1	2	3	4	5	6	7	8	9	10	11

3 Écris le résultat de chaque différence en t'aidant de la frise numérique.

1	2	3	4	5	6	7	8	9	10	11	12	13	14	15	16	17	18	19	20

6 - 2 = ... 10 - 1 = ... 15 - 5 = ...

7 - 1 = ... 10 - 5 = ... 16 - 3 = ...

Jeu de maths ! **Colorie sur la frise deux nombres :**

- Si tu les additionnes, le résultat est 10.
- Si tu calcules le résultat de la soustraction, le résultat est 2.

1	2	3	4	5	6	7	8	9	10

Les maths au quotidien

La différence entre deux nombres est utilisée dans la vie de tous les jours :

- Dans un jeu de société, lorsque le dé indique de reculer sur le plateau de jeu.

- Pour savoir le nombre de billes qu'il te reste après en avoir perdu.

CORRIGÉS - LIVRET P. 39

7

Les nombres de 70 à 99

1 Je comprends

70 **soixante-dix**	80 **quatre-vingts**	90 **quatre-vingt-dix**
71 soixante-et-onze	81 quatre-vingt-un	91 quatre-vingt-onze
72 soixante-douze	82 quatre-vingt-deux	92 quatre-vingt-douze
73 soixante-treize	83 quatre-vingt-trois	93 quatre-vingt-treize
74 soixante-quatorze	84 quatre-vingt-quatre	94 quatre-vingt-quatorze
75 soixante-quinze	85 quatre-vingt-cinq	95 quatre-vingt-quinze
76 soixante-seize	86 quatre-vingt-six	96 quatre-vingt-seize
77 soixante-dix-sept	87 quatre-vingt-sept	97 quatre-vingt-dix-sept
78 soixante-dix-huit	88 quatre-vingt-huit	98 quatre-vingt-dix-huit
79 soixante-dix-neuf	89 quatre-vingt-neuf	99 quatre-vingt-dix-neuf

? Le sais-tu ?

En Belgique et en Suisse,
où on parle français,
90 se dit « nonante ».

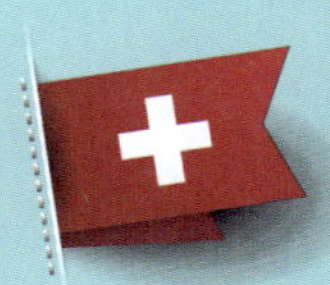

Conseil parents

Les passages de 60 à 70 et de 80 à 90 peuvent être diffi
Assurez-vous que votre enfant comprenne bien.

2 Je teste

Compare les deux nombres en utilisant le symbole > ou <.

85 95

❶ Pour comparer 85 et 95, commence par comparer le chiffre des dizaines. 8 est avant 9 : 8 < 9. Donc **85 < 95.**

85 86

❶ Pour comparer 85 et 86, commence par regarder le chiffre des dizaines. Ils sont identiques : 8.

❷ Compare le chiffre des unités. 5 est avant 6 : 5 < 6. Donc **85 < 86**.

***Astuce**

Les « huit dizaines » sont vues comme « quatre paquets de 20 », c'est pour cette raison que tu dis « **quatre-vingts** ».

3 Je m'entraîne

1 Écris les nombres avec des chiffres.

soixante-cinq → ....
soixante-dix → ....
quatre-vingts → ....
soixante-quinze → ....
quatre-vingt-dix → ....
quatre-vingt-quatorze → ....

2 Décompose le nombre comme tu le prononces.

Ex. : 75, c'est aussi 60 et 15.
78, c'est aussi .... et ....
77, c'est aussi .... et ....
71, c'est aussi .... et ....
79, c'est aussi .... et ....
76, c'est aussi .... et ....

3 Compare les nombres avec le symbole > ou <.

45 73
48 26
74 61
78 79
98 71
67 86
19 83
87 82

4 Dessine les symboles sous le nombre qui lui correspond.

70	71	72	73	74	75	76	77	78	79
80	81	82	83	84	85	86	87	88	89

Le symbole ♥ (rouge) est sous le nombre 79.
Le symbole ♥ (jaune) est sous le nombre 87.
Le symbole ♥ (vert) est sous le nombre 74.
Le symbole ♥ (bleu) est sous le nombre 80.

5 Écris dans l'ordre croissant.

a) 71 ; 82 ; 65 → ....
b) 85 ; 82 ; 76 → ....
c) 70 ; 73 ; 68 → ....
d) 88 ; 81 ; 93 → ....

Les maths au quotidien

• La série entre 80 et 99 utilise le terme « vingt ». 20 correspond au nombre de doigts d'un humain (10 orteils et 10 doigts aux mains).
• La série 70 à 79 continue à se dire en utilisant le mot « soixante ». Cela viendrait du roi Louis XIV. Comme il refusait de vieillir, il resta 10 ans de plus dans la série des « soixante » !

8 L'addition posée

1 Je comprends

Pour **additionner plusieurs nombres** :

❶ Commence par **les écrire les uns sous les autres** en alignant les chiffres des **dizaines** puis les chiffres des **unités** isolées.

	3	2
+	2	5
	5	7

***Astuce**
Pour bien poser une addition, aide-toi des lignes de ton cahier.

❷ Additionne ensemble le 2 et le 5 des unités. Le résultat est 7.
❸ Additionne ensemble le 3 et le 2 des dizaines. Le résultat est 5.

Le résultat de l'addition posée est 57.

Le sais-tu ?

Quand le calcul d'une colonne dépasse 10, on dit qu'on a une retenue :

	1	
	4	5
+	2	7
=	7	2

5 + 7 = **12**, c'est-à-dire **1**0 + **2**. On ajoute donc le 1 de la dizaine à la colonne des dizaines.

Conseil parents
Avant de passer aux additions, assurez-vous que les notions de dizaine et unité sont bien maîtrisées.

2 Je teste

Pose une addition avec retenue.

	①	
	3	7
+	2	5
	6	2

❶ Additionne ensemble le 7 et le 5 des unités. Le résultat est 12.
Écris le 2 du 12 et retiens le 1 qui représente 1 dizaine.
❷ Additionne ensemble le 3 et le 2 des dizaines. Ajoute aussi la dizaine retenue (le 1 que tu as écrit en haut de la colonne) à ce résultat pour obtenir 6.
Le résultat de l'addition posée est **62.**

3 Je m'entraîne

1 Écris l'addition en ligne.

3 9	6 8	5 8
+ 2 2	+ 1 4	+ 3 8
.... + ...	.... + ...	.... + ...

2 Écris correctement les nombres en colonnes.

45 + 27 =

38 + 43 =

59 + 22 =

74 + 26 =

3 Écris les nombres en colonnes et calcule le résultat.

43 + 27 = ...

56 + 25 = ...

39 + 21 = ...

42 + 17 = ...

Jeu de maths !

Camille recherche deux nombres sur la frise numérique. Elle sait que les deux nombres sont côte à côte. Elle sait aussi que l'addition des deux nombres est 13.

Quels sont les deux nombres ?

.... + ... = 13

1	2	3	4	5	6	7	8	9	10	11	12	13	14	15

Les maths au quotidien

Il y a longtemps, les commerçants « faisaient l'addition » très rapidement en écrivant les prix sur un papier.

CORRIGÉS - LIVRET P. 39

9

Les problèmes avec une addition

1 Je comprends

Pour répondre à la question posée par un problème, il faut bien le comprendre.

Un problème est composé par un énoncé, des informations, une question.

Olivia achète un ballon ET un livre.
Combien a-t-elle dépensé ?

5 €

8 €

Il faut donc faire un calcul pour répondre à la question :
5 + 8 = 13.
Olivia a dépensé 13 €.

? Le sais-tu ?

Lorsque tu dis « j'ai un problème », cela signifie qu'il t'arrive quelque chose de pénible ou d'ennuyeux.
En mathématiques, le mot problème a une autre signification : c'est une petite histoire inventée qui se termine par une question.

Conseil parents

La première étape d'un problème est de bien le comprendre. Demandez à votre enfant de reformuler l'énoncé avec ses propres mots.

2 Je teste

Résous un problème avec un dessin.

Léo a **15** billes rouges dans sa poche droite.
Il a **12** billes vertes dans sa poche gauche.

Combien a-t-il de billes en tout ?

❶ Dessine les **15** billes rouges.

○ ○ ○ ○ ○   ○ ○ ○ ○ ○   ○ ○ ○ ○ ○

❷ Dessine les **12** billes vertes.

○ ○ ○ ○ ○   ○ ○ ○ ○ ○   ○ ○

❸ Compte toutes les billes. Tu en trouves **27**.

*Astuce

Avec une addition posée, c'est plus rapide car tu n'as pas besoin de tout dessiner et de compter.

	1	5
+	1	2

3 Je m'entraîne

1 **a)** Simon a 13 billes dans son cartable. Il a 17 billes dans une trousse.
Combien a-t-il de billes en tout ?

	.	.
+	.	.
=	.	.

Le dessin :

Simon a .... billes.

b) Zoé a 48 cartes dans ses mains. Elle a 27 cartes dans sa poche.
Combien a-t-elle de cartes en tout ?

	.	.
+	.	.
=	.	.

Le dessin :

Zoé a .... cartes.

2 Tom a 3 crayons sur sa table. **Combien doit-il en ajouter pour en avoir 11 ?**

Le dessin ou l'addition :

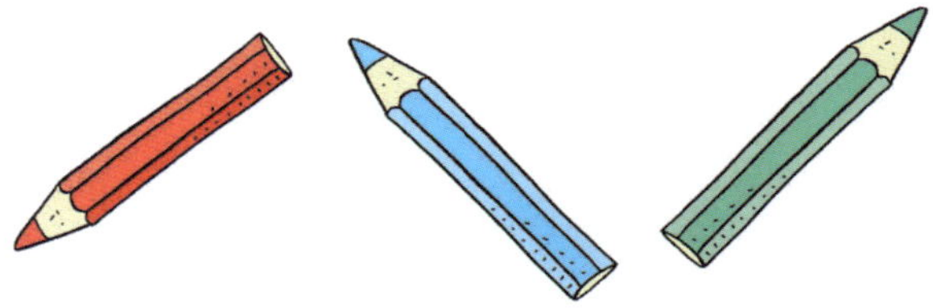

Tom doit ajouter .... crayons.

3 Samia a 7 ans. Son frère a 4 ans de plus. **Quel âge a le frère de Samia ?**

Le dessin ou l'addition :

Le frère de Samia a .... ans.

4 Idriss a 3 € dans sa poche. Il a 13 € dans sa tirelire.
Combien d'argent a Idriss ?

Le dessin ou l'addition :

Idriss a .... €.

Les maths au quotidien

L'addition est utilisée pour des situations d'ajout.

- *Ex : si tu reçois des billes d'un ami, ton nombre de billes est augmenté.*
- *Si tu trouves une pièce de 2 € et que tu la déposes dans ta tirelire, la somme d'argent dans ta tirelire va augmenter.*

CORRIGÉS - LIVRET P. 39

10

Les problèmes avec une soustraction

1 Je comprends

La soustraction est une opération mathématique qui est utile pour **résoudre deux catégories de problèmes.**

Les problèmes de comparaison de 2 éléments.

Charles a 7 billes. Lola a 4 billes.
Combien de billes Charles a-t-il de plus que Lola ?

Les problèmes de retrait.

Marius a 12 billes. Il perd 3 billes.
Combien lui reste-t-il de billes ?

Pour t'aider à comprendre le problème, tu peux dessiner la situation :

1. Dessine 12 billes.
2. Barre 3 billes.
3. Entoure les billes restantes : il y en a 9.

Le sais-tu ?

En fait, tu fais des problèmes de retrait tout le temps ! Quand tu joues au jeu de l'oie, par exemple, et que tu recules de quatre cases. Il y a un écart de 4 cases entre ton départ et ton arrivée.

Conseil parents

En CP, la soustraction posée n'est pas au programme. Pour calculer le résultat d'une soustraction, proposez à votre enfant d'utiliser une frise numérique.

2 Je teste

Résous un problème avec une soustraction.

Léo a 9 ans. Lili a 6 ans.

Combien d'années Léo a-t-il de plus que Lili ?

1. Repère le plus grand nombre : c'est 9.
2. Repère le plus petit nombre : c'est 6.
3. Fais une soustraction : 9 – 6 = 3.

Léo a 3 ans de plus que Lili.

***Astuce**
Tu peux aussi dessiner pour t'aider.

3 Je m'entraîne

1 Samira a 15 cartes. Nora a 9 cartes.
Combien de cartes Samira a-t-elle de plus que Nora ?

Le dessin ou l'opération :

Samira a .... cartes de plus que Nora.

2 Martin a 12 billes. Pendant la récréation, il donne 3 billes à Tom.
Combien de billes a Martin après la récréation ?

Le dessin ou l'opération :

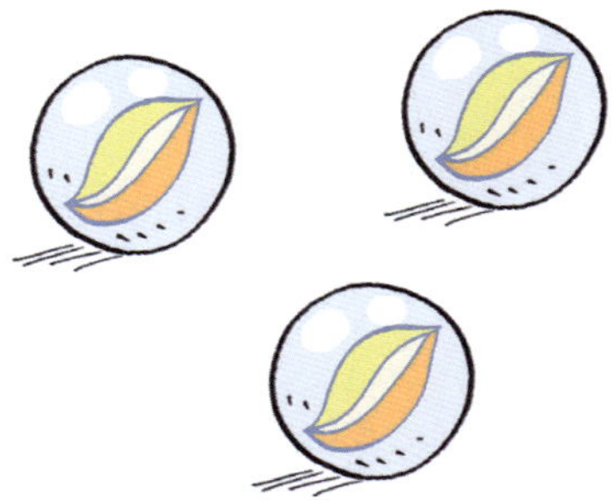

Martin a .... billes après la récréation.

3 Jean a 9 € dans sa poche. Il donne 4 € pour acheter un stylo.
Combien d'argent lui reste-t-il après avoir acheté le stylo ?

Le dessin ou l'opération :

Il lui reste .... €.

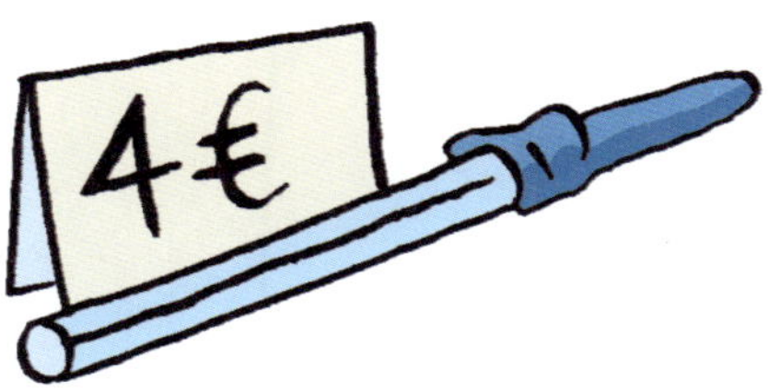

Les maths au quotidien

La soustraction est utilisée pour des situations de retrait.
Ex. : si tu donnes des billes à un ami, ton nombre de billes est diminué.
Si tu paies avec l'argent de ta tirelire, la somme d'argent dans ta tirelire va diminuer.

11 Les problèmes de partage

1 Je comprends

Un **partage** est une **répartition d'éléments** (des parts, des objets, des cartes) entre **plusieurs personnes**.

Ex. : un gâteau découpé en 6 parts pour 3 personnes. Chacun aura 2 parts.

Un **partage** peut **ne pas être équitable** : dans ce cas, **chacun n'a pas le même nombre de parts**.

Ex. : 9 cartes à partager entre 3 joueurs.

Joueur 1
3 cartes

Joueur 2
2 cartes

Joueur 3
4 cartes

En mathématiques, le **partage est toujours équitable**.
Ce qui signifie que tout le monde reçoit la même quantité.
Pour notre exemple des cartes :

Joueur 1
3 cartes

Joueur 2
3 cartes

Joueur 3
3 cartes

Le sais-tu ?

Si tu as 7 cartes et que tu les partages équitablement entre 3 personnes, il restera 1 carte qui n'est pas distribuée : c'est **le reste**.

Conseil parents

Faites distribuer des cartes à votre enfant en lui indiquant qu'il fait un partage.

2 Je teste

Dessine les billes pour chaque enfant.
Tous les enfants doivent avoir le même nombre de billes.

Il y a 6 billes. 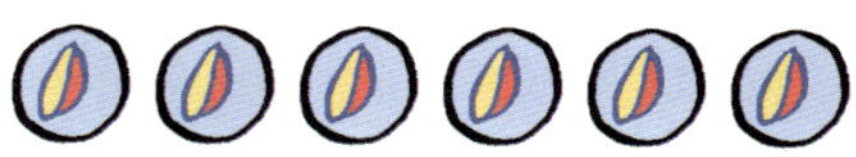

Élise	Loïc	Alice

3 Je m'entraîne

1 Chaque enfant doit avoir le même nombre de billes.
Dessine les billes sous le nom de chaque enfant.

Élio	Mia

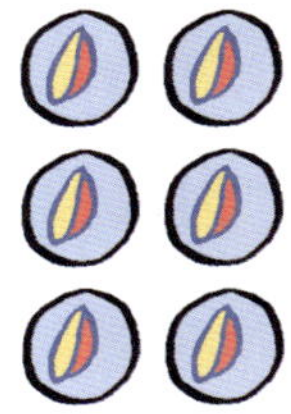

2 **Compte le nombre de bonbons en tout.**

a)

Nathan	Paolo	Lison

Nombre total de bonbons : ....

b)

Lilia	Ilan	Nino	Charlie

Nombre total de bonbons : ....

3 On distribue 39 cartes.
Tous les enfants doivent avoir le même nombre de cartes.
Dessine-les sous le nom de chaque enfant. **Combien en reste-t-il ?**

Clara	Lyam	Elsa

Il reste .... cartes.

4 Nina a 12 roses. Elle fait des bouquets de 4 roses.
Combien de bouquets peut-elle faire en utilisant toutes les roses ?

Le dessin :

Nina peut faire .... bouquets.

Les maths au quotidien

Lorsqu'un gâteau est partagé en parts, celles-ci sont distribuées à chaque personne : c'est un partage.

CORRIGÉS - LIVRET P. 39

12 Les tableaux et les graphiques

1 Je comprends

Le **tableau** est composé de **lignes** et de **colonnes**.
Les lignes sont **horizontales** ; les colonnes sont **verticales**.
Le tableau permet de présenter des informations.

Colonne ↓ / Ligne →

	CP	CE1
Élèves absents le lundi	1	2
Élèves absents le mardi	3	1
Élèves absents le jeudi	4	0
Élèves absents le vendredi	2	3

Ce tableau récapitule les élèves absents en CP et en CE1 pendant une semaine.
Pour connaître le nombre d'élèves absents le mardi en CP :

1. Regarde la ligne « Élèves absents le mardi ».
2. Regarde la colonne « CP ».

Le croisement de cette ligne et de cette colonne se fait dans une case : celle-ci comporte le nombre 3. Cela signifie que 3 élèves étaient absents ce jour-là.

Le sais-tu ?

Demande à tes parents de te montrer ton carnet de santé. Tu verras ta courbe de croissance. C'est un graphique !

Conseil parents

Le graphique donne une informa
très rapide sur une tendance.
Montrez l'information visuelle
si la courbe des températures mo
cela signifie que les températures
de plus en plus élevées.

2 Je teste

Lis un graphique.

Le graphique est une représentation visuelle de **plusieurs informations**.
Pour visualiser les élèves absents en CP pendant une semaine, il est possible d'utiliser un graphique.

Chaque enfant absent est représenté par une **case colorée**. Ainsi, le lundi, 1 seul enfant était absent donc 1 seule case est colorée. Le mardi, 3 enfants étaient absents donc 3 cases sont colorées.

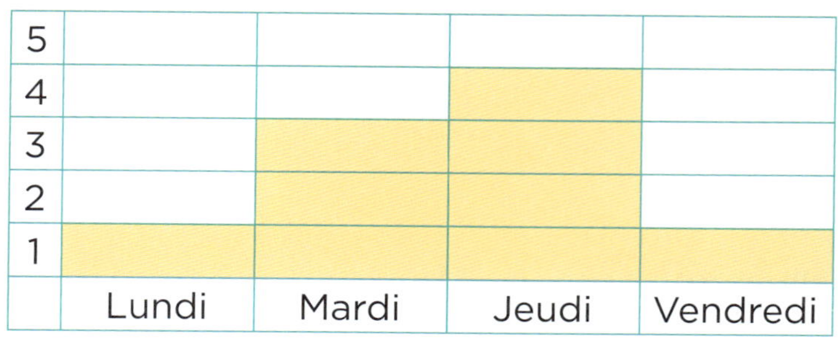

3 Je m'entraîne

1 **Écris les réponses en t'aidant du tableau.**

Les inscrits à la cantine	CP	CE1
Lundi	11	14
Mardi	9	12
Jeudi	12	11
Vendredi	12	10

a) Combien d'élèves de CP mangent à la cantine le mardi ? ....

b) Combien d'élèves de CE1 mangent à la cantine le vendredi ? ....

2 **Écris les réponses en t'aidant du tableau.**

Les livres des enfants	Les documentaires	Les bandes dessinées	Les albums
Anna	4	1	4
Thomas	2	3	2
Sara	3	2	2

a) Combien de bandes dessinées a Anna ? ....

b) Combien d'albums a Thomas ? ....

c) Combien de livres a Sara en tout ? ....

3 **Écris les chiffres dans le tableau.**

Simon a 3 cartes de trèfle, 2 cartes de carreau et 1 carte de cœur.

Zoé a 4 cartes de cœur, 2 cartes de trèfle et 2 cartes de carreau.

	Trèfle	Cœur	Carreau
Zoé			
Simon			

Les maths au quotidien

À la télévision ou dans les journaux, tu peux souvent voir des tableaux et des graphiques.

4 **Écris les réponses en t'aidant du graphique.**

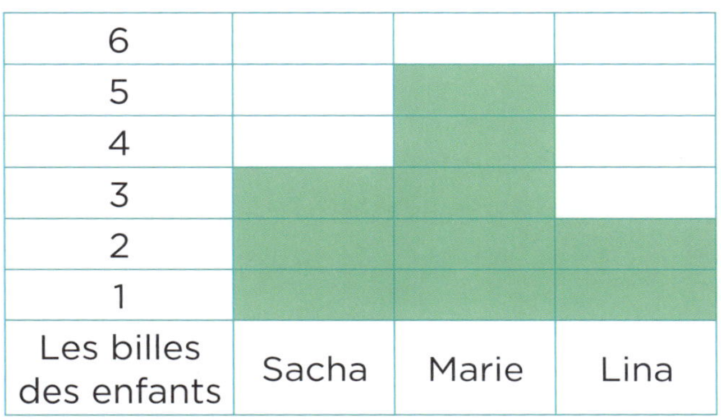

a) Combien de billes a Sacha ? ....

b) Combien de billes a Marie ? ....

c) Combien de billes a Lina ? ....

d) Quel enfant a le plus de billes ? ....

e) Quel enfant a le moins de billes ? ....

13 Les axes gradués

1 Je comprends

Les **nombres** sont rangés dans un **ordre**, appelé **l'ordre croissant**.

★	★★	★★★	★★★★	★★★★★	★★★★★ ★	★★★★★ ★★	★★★★★ ★★★	★★★★★ ★★★★	★★★★★ ★★★★★
1	2	3	4	5	6	7	8	9	10

Pour passer d'une case à une autre, il faut ajouter 1.
Cela commence à 0 et continue jusqu'à l'infini.

La suite des nombres peut être utilisée pour repérer des éléments.

0	1	2	3	4	5	6	7	8	9	10	11	12	13
			L				A				C		

La lettre L est sous le nombre 3. *La lettre A est sous le nombre 7.*
La lettre C est sous le nombre 11.

Parfois, tous les nombres ne sont pas écrits sur la suite des nombres :

10					15					20					25					30
			M								O								I	

La lettre M est sous le nombre 13. *La lettre O est sous le nombre 21.*
La lettre I est sous le nombre 29.

Conseil parents

Ajoutez une flèche à droite de chaque axe. Ceci aidera votre enfant à matérialiser le sens de lecture de l'axe.

Le sais-tu ?

Autrefois, la lecture de la température dans un thermomètre se faisait en regardant la graduation d'un tube de verre.

2 Je teste

Écris le nombre qui est au-dessus de chaque symbole.

0					5					10					15					20					25
			●										▲												

Pour savoir quel nombre est au-dessus de ● : commence par mettre ton doigt sur la case 0, puis avance d'une case (tu es sur la case 1), puis d'une case (tu es sur la case 2), et encore d'une case (tu es sur la case 3). ● est sous le nombre 3.

Pour savoir quel nombre est au-dessus de ▲ : commence par mettre ton doigt sur la case 10, puis avance d'une case (11), puis d'une case (12) et encore une case (13). ▲ est sous le nombre 13.

3 Je m'entraîne

1 Écris le nombre qui est au-dessus de chaque symbole.

0	1	2	3	4	5	6	7	8	9
		♠			♣			♥	♦

a) Le symbole ♠ est sous le nombre ....

b) Le symbole ♣ est sous le nombre ....

c) Le symbole ♥ est sous le nombre ....

d) Le symbole ♦ est sous le nombre ....

2 Écris dans la frise le nombre qui est au-dessus de chaque symbole.

20					25					30					35					40
	♠			♣		♥	♦													

3 Dessine chaque symbole à l'endroit demandé.

Le symbole ♠ est sous le nombre 37.
Le symbole ♣ est sous le nombre 43.
Le symbole ♥ est sous le nombre 32.
Le symbole ♦ est sous le nombre 48.

30					35					40					45					50

Jeu de maths !

Dans un champ, il y a des poules et des vaches.

En tout, il y a 3 têtes et 8 pattes.

Combien y a-t-il de poules ? ....

Combien y a-t-il de vaches ? ....

Les maths au quotidien

La suite des nombres est très utile pour repérer des éléments des cases sur un plateau de jeu de l'oie ou la température sur un thermomètre.

CORRIGÉS - LIVRET P. 40

14 Les longueurs

1 Je comprends

La distance est la **longueur** (un **écart**) qui **sépare 2 endroits**.

Pour **mesurer des distances**, il existe plusieurs instruments :

Le mètre de couturière	Le mètre ruban	La règle graduée
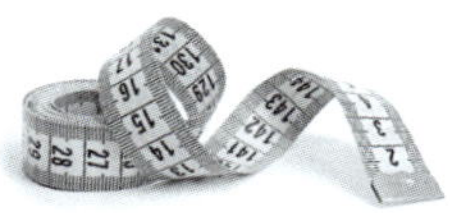		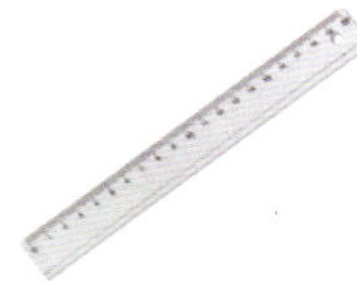

L'unité de mesure des distances est le **mètre**. Son abréviation est **m**.
Ex. : La grande règle jaune utilisée au tableau mesure 1 m de longueur.

Si tu partages le mètre en 100 parties de même longueur, chaque partie est un **centimètre**. Son abréviation est **cm**.

Ex. : Sur ta règle, tu peux voir 20 cm.
Les petites graduations qui sont entre chaque centimètre sont appelées des **millimètres**. Son abréviation est **mm**.

Conseil parents
Une erreur fréquente avec une règle graduée est de commencer à mesurer en utilisant le 1 de la règle à la place du zéro. La mesure est alors erronée d'un centimètre...

Le sais-tu ?
Le tour de la Terre mesure plus de 40 000 kilomètres.
Cela représente 40 000 000 mètres.

2 Je teste

Mesure une longueur avec ta règle et écris la valeur de cette mesure.

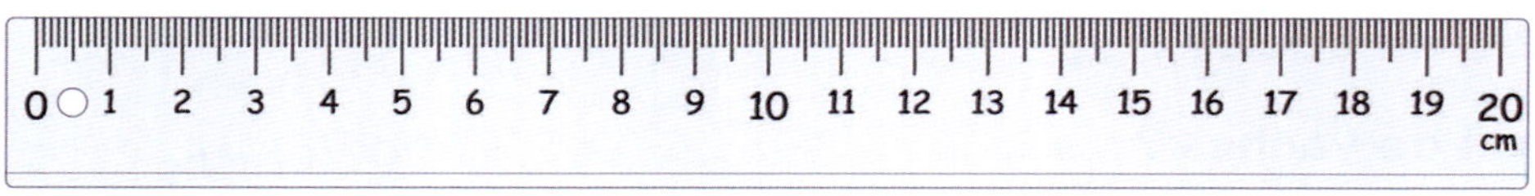

1. Positionne ta règle sous le segment à mesurer.
2. Positionne la graduation 0 exactement au début du segment à mesurer.
3. Regarde la graduation qui correspond à l'extrémité du segment.
4. Lis la valeur indiquée sous la graduation.

L'unité de cette mesure est le **cm**.

3 Je m'entraîne

1 Mesure les longueurs avec ta règle et écris la valeur de cette mesure.

A : ________________________ Le segment A mesure .... cm.

B : ________________ Le segment B mesure .... cm.

C : ________________________________ Le segment C mesure .... cm.

D : ____________________________ Le segment D mesure .... cm.

2 Mesure la longueur du chemin parcouru par la fourmi.

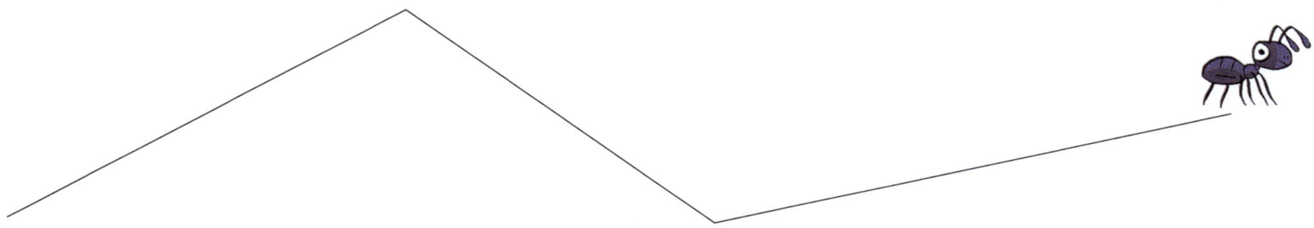

La longueur de tout le chemin est .... + ... + ...

La fourmi a parcouru un chemin de .... cm.

3 Mesure les longueurs avec ta règle et écris la valeur de cette mesure.

 ________________________________ Il a parcouru .... cm.

 ____________________________ Il a parcouru .... cm.

 ____ Il a parcouru .... cm.

4 Trace un trait de 11 centimètres à partir du point A.

A •

Jeu de maths ! **Combien de traits peux-tu tracer pour relier tous les points entre eux ?**

Les maths au quotidien

Mesurer des longueurs est utile dans la vie de tous les jours, pour dessiner ou bricoler par exemple.

15

La monnaie

1 Je comprends

En France, la monnaie utilisée est l'euro, qui s'écrit avec le sigle **€**.
Nous utilisons des pièces et des billets.

Les **pièces** sont :

2 €	1 €	50 centimes	20 centimes	10 centimes	5 centimes	2 centimes	1 centime

Les **billets** sont :

5 €	10 €	20 €	50 €	100 €	200 €

Pour connaître la somme d'argent de plusieurs pièces ou billets,
il faut regarder le nombre indiqué dessus.

Ex. : 

La somme d'argent est : 2 € + 2 € + 2 € + 1 € + 1 € = 8 €.

Le sais-tu ?

« Faire l'appoint » signifie donner exactement les pièces qu'il faut pour payer le prix demandé par le commerçant.

Conseil parents

Précisez que le nombre de pièces ne correspond pas forcément à la valeur de l'ensemble. 3 pièces de 2 €, ce n'est pas 3 € mais 6 €.

2 Je teste

Écris la somme d'argent.

Tu observes 4 pièces. Cela ne signifie pas qu'il y a 4 € en tout.
Écris l'addition de la valeur de chacune des pièces : 2 + 2 + 1 + 1
Écris le résultat de la somme : 2 + 2 + 1 + 1 = 6

Il y a 6 €.

3 Je m'entraîne

1 Écris le nombre de pièces.

a) Il y a .... pièces.	**b)** Il y a .... pièces.	**c)** Il y a .... pièces.

2 Entoure le minimum de pièces pour payer chaque article.

 4 euros	
 5 euros	
 2 euros	

3 Léo achète un stylo à 3 € et un cahier à 4 €.

Combien d'argent doit-il donner pour acheter les deux articles ?

Le dessin :

Léo doit donner .... €.

Les maths au quotidien

Les pièces de monnaie et les billets sont utilisés dans la vie de tous les jours. Ils sont utiles pour faire des achats dans un magasin ou chez un commerçant.

4 Entoure le prix qui te semble juste.

 1 € 10 €

 5 € 50 €

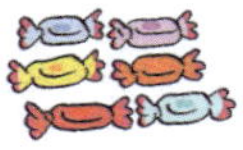 2 € 20 €

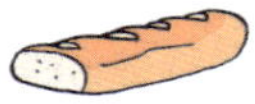 2 € 100 €

Les masses

1 Je comprends

La **masse** donne une information sur la **quantité de matière** d'un **objet** ou d'un **élément**.

Ex. : La masse d'un éléphant est plus importante que la masse d'une souris.

*Astuce

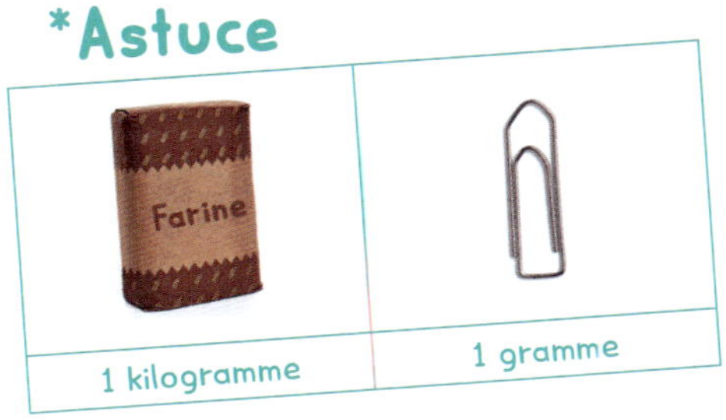

L'unité de mesure de la masse est le **kilogramme (kg)** ou le **gramme (g)**.

Le sais-tu ?

La masse d'un tracteur est de 5 000 kilogrammes.
La masse d'une feuille de papier est de 5 grammes.

Conseil parents

Utilisez le vocabulaire « plus lourd », « moins lourd »...

2 Je teste

Comment mesure-t-on la masse ?
La **masse** se mesure à l'aide d'une **balance**.

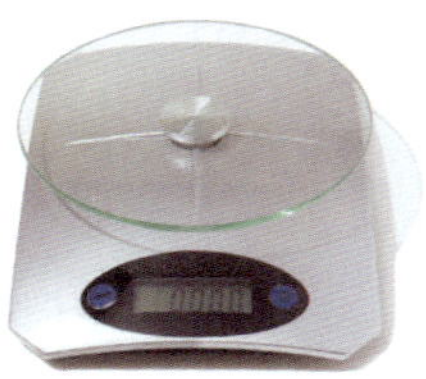

La balance **électronique** affiche directement la masse de l'objet pesé.

La balance à **plateaux** nécessite d'utiliser des petits poids pour parvenir à l'équilibre des deux plateaux.

3 Je m'entraîne

1 **Entoure l'élément le plus lourd.**

2 **Observe les balances et complète les phrases avec les mots suivants :**
plus lourd – plus léger – aussi lourd.

a) L'ananas est .... que la fraise.

b) Le citron est .... que le melon.

c) Le melon est .... que l'ananas.

3 **Écris la liste des fruits du plus léger au plus lourd.**

1) ....

2) ....

3) ....

4 Jade dépose une figue de 75 g sur la balance.
Elle ajoute 15 g de cerises.
Quelle masse indique la balance ?

La balance marque .... g.

Les maths au quotidien

- Lorsque tu prépares un gâteau, tu pèses les aliments en utilisant une balance.
- Autrefois, les commerçants sur les marchés utilisaient des balances à plateaux. Aujourd'hui, ce sont les balances électroniques qui sont utilisées.

CORRIGÉS - LIVRET P. 40

17 Lire l'heure

1 Je comprends

Dans une journée, il y a 24 heures.
Le matin : de 0 h à 12 h.
L'après-midi : de 13 h à 24 h.

La **petite aiguille** indique les heures.
La **grande aiguille** indique les minutes.
L'**aiguille la plus fine** indique les secondes.
Les aiguilles tournent toujours dans le même sens.

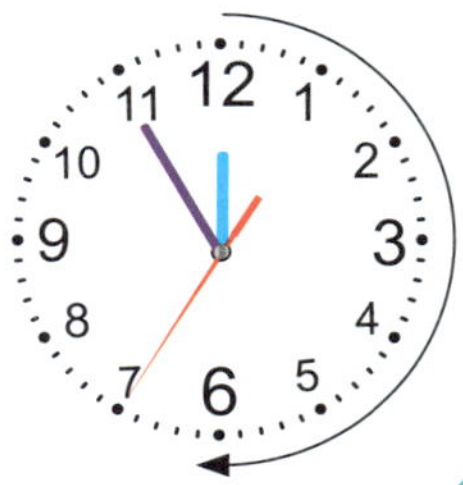

Conseil parents

Réalisez un cadran d'horloge avec une disque de carton, deux aiguilles cartonnées et une attache parisienne. Ce dispositif permettra à votre enfant de manipuler des aiguilles et l'aidera à se repérer.

? Le sais-tu ?

Tu peux colorier la partie à droite de la petite aiguille jusqu'à la grande aiguille pour t'aider à lire l'heure.

2 Je teste

Quelle heure est-il ?

Quand la grande aiguille est sur le 12, c'est l'heure pile.

Il est 8 h du matin.

Il est 20 h ou 8 h de l'après-midi.
1 h devient 13 h.
2 h devient 14 h.
3 h devient 15 h.

3 Je m'entraîne

1 Entoure si c'est le matin ou l'après-midi.

a) Il est 13 heures. C'est le matin / l'après-midi.
b) Il est 15 heures. C'est le matin / l'après-midi.
c) Il est 17 heures. C'est le matin / l'après-midi.
d) Il est 10 heures. C'est le matin / l'après-midi.

2 Écris l'heure indiquée sur chaque cadran.

Il est ......2...... heures.

Il est ......11...... heures.

Il est ......5...... heures.

Il est ......8...... heures.

3 Dessine l'aiguille des heures.

Il est 4 heures.

Il est 8 heures.

Il est 2 heures.

4 Dessine les deux aiguilles sur chaque cadran.

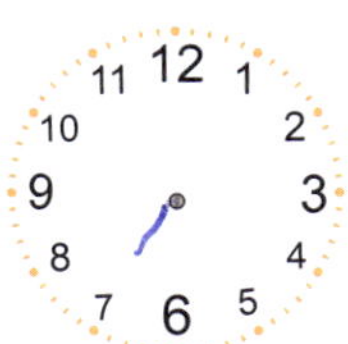

7 h 00

9 h 00

6 h 00

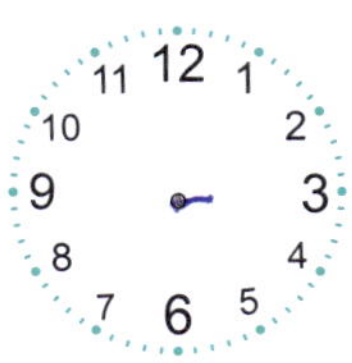

3 h 00

Les maths au quotidien

Amuse-toi à lire l'heure dès que tu le peux.

18 Se repérer dans un quadrillage

1 Je comprends

Pour repérer un élément sur **un quadrillage**,
il faut 2 informations : la colonne et la ligne.
La colonne est verticale et la ligne est horizontale.
Les informations données s'appellent « les coordonnées ».

	A	B	C	D
1				♦
2		♥		

Le ♦ est dans la colonne D et dans la ligne 1 ;
ses coordonnées sont (D ; 1).
Le ♥ est dans la colonne B et dans la ligne 2 ;
ses coordonnées sont (B ; 2).

Conseil parents

Proposez à votre enfant un plateau de jeu d'échec. Les cases sont repérées à l'aide de lettres et de nombres. Positionnez un pion sur l'échiquier et demandez à votre enfant de repérer les coordonées de la case.

Le sais-tu ?

Tu peux jouer à la **bataille navale** en dessinant tes propres quadrillages.

2 Je teste

Dessine des éléments sur un quadrillage.

	A	B	C	D
1				
2				
3				

Pour placer la forme ♦ en (B ; 3) :

1. Commence par repérer les cases de la colonne B.
2. Repère ensuite les cases de la ligne 3.
3. Trouve la case qui est à la fois dans la colonne B et dans la ligne 3 : c'est la case (B ; 3).
4. Dessine la forme ♦.

	A	B	C	D
1				
2				
3		♦		

3 Je m'entraîne

1 **Colorie les cases dans le quadrillage en respectant les indications.**

(C ; 2) (D ; 4) (E ; 1) (A ; 4)

	A	B	C	D	E	F
1						
2						
3						
4						

2 **Écris les coordonnées de chaque symbole.**

	A	B	C	D	E	F
1				■		
2						
3	♥					
4			●			★

a) Le ♥ est dans la colonne ....A.... et dans la ligne ....3....

b) Le ● est dans la colonne ....C.... et dans la ligne ....4....

c) Le ■ est dans la colonne ....D.... et dans la ligne ....1....

d) Le ★ est dans la colonne ....F.... et dans la ligne ....4....

3 **Trace le chemin du canard sur le quadrillage.**

→ ↓ ↓ → → ↑ ↑ → →

	●					● Le puits
						● La mare
						● Le champ
						● La maison

19 Les formes géométriques

1 Je comprends

En géométrie, le plus petit élément est appelé **le point**.
Il est représenté par **un point** ou par **une petite croix** (car l'endroit où se croisent les deux parties de la croix est un point).

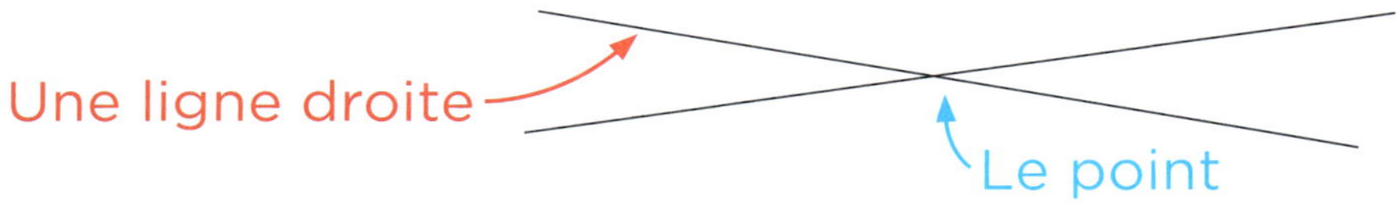

Un triangle	Un carré	Un rectangle	Un cercle
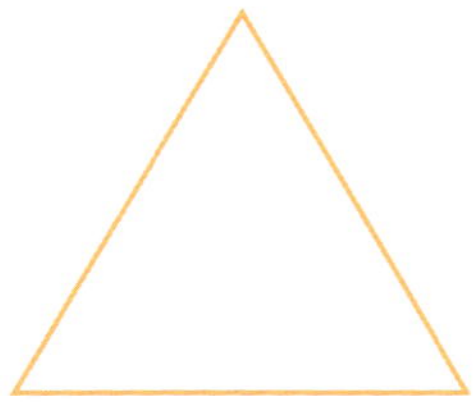	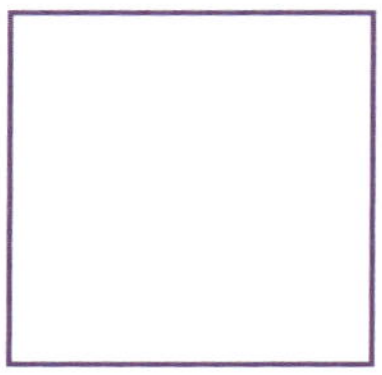		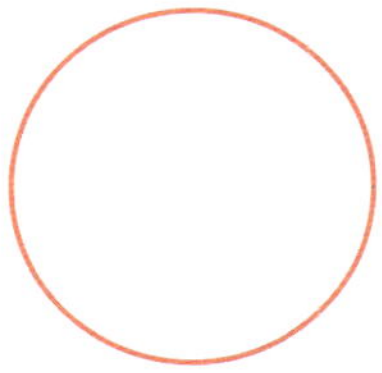

Il existe beaucoup d'autres formes géométriques.

Conseil parents

Faites remarquer le nombre de formes géométriques dans le quotidien : un livre rectangulaire, une roue ronde…

? Le sais-tu ?

Connais-tu le **tangram** ? Avec diverses formes géométriques, tu peux créer de jolis dessins. Tu peux fabriquer tes pièces en les découpant dans du carton.

2 Je teste

Un peu de vocabulaire…

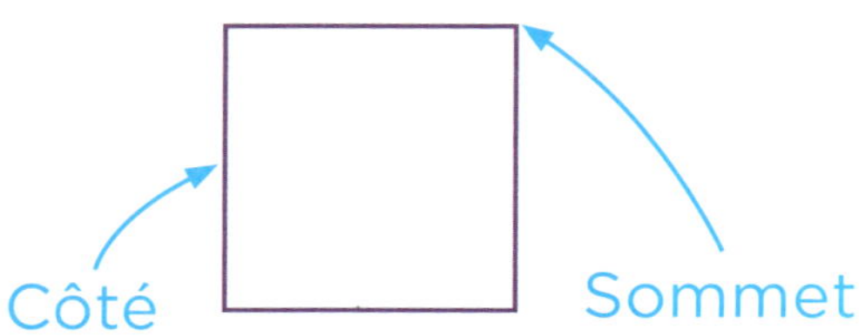

Le carré a 4 côtés et 4 sommets.

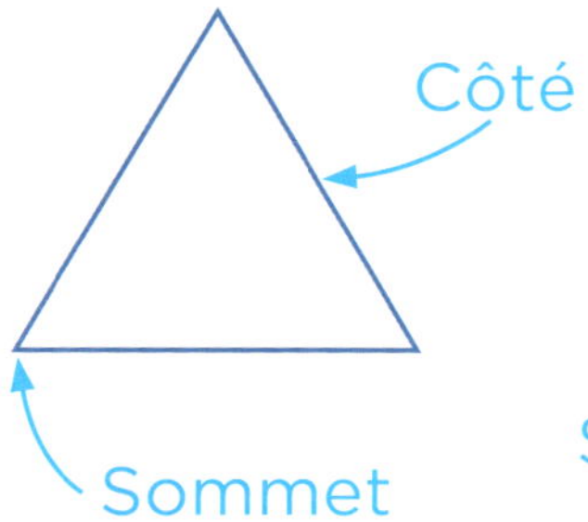

Le triangle a 3 côtés et 3 sommets.

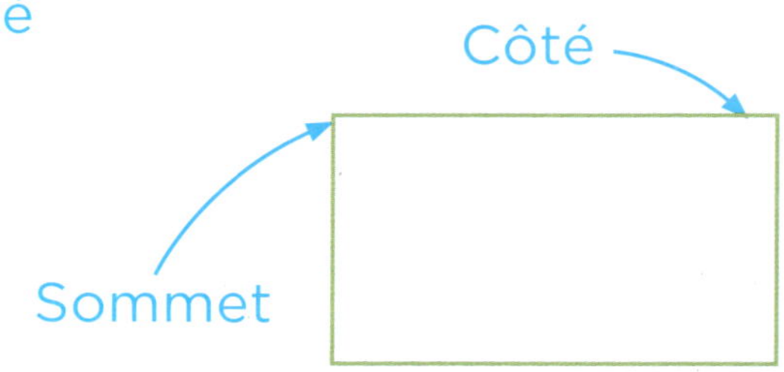

Le rectangle a 4 côtés et 4 sommets.

3 Je m'entraîne

1 Colorie les formes sur le dessin selon le code couleur suivant.

le cercle | le triangle | le rectangle | le carré

2 Mesure avec ta règle la longueur de tous les côtés et entoure la bonne réponse.

a) Est-ce un carré ?
Oui Non

b) Est-ce un carré ?
Oui Non

c) Est-ce un carré ?
Oui Non

3 Reproduis la forme géométrique en t'aidant des points.

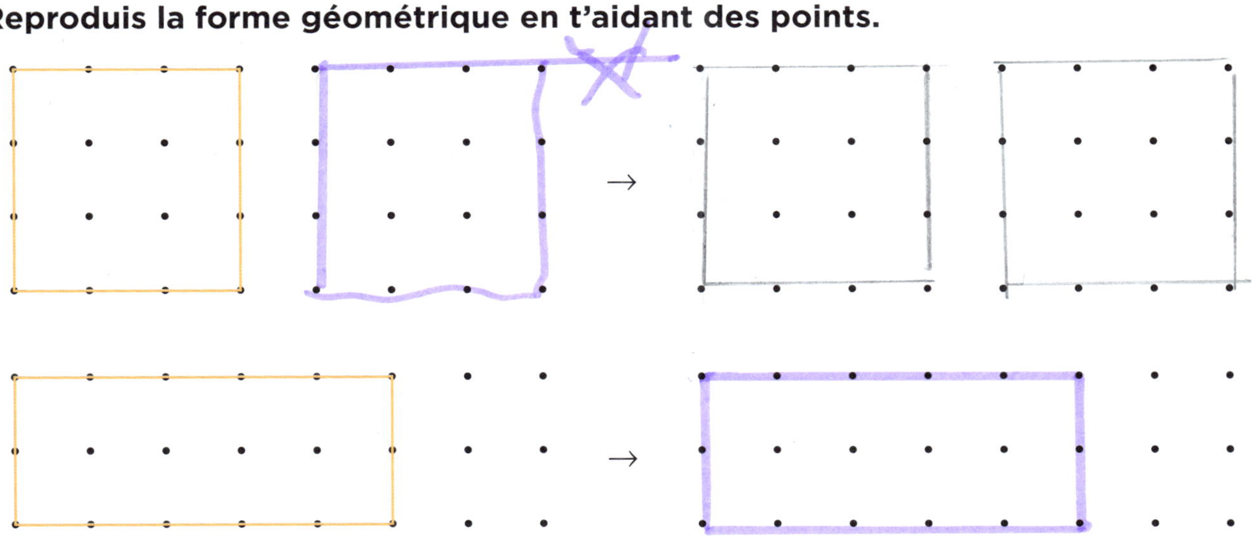

Les maths au quotidien

Observe les carrelages : ils ont souvent des formes géométriques variées comme des carreaux carrés, des hexagones...

Les solides

1 Je comprends

Certaines formes occupent de la place dans l'espace : ce sont les **solides**.

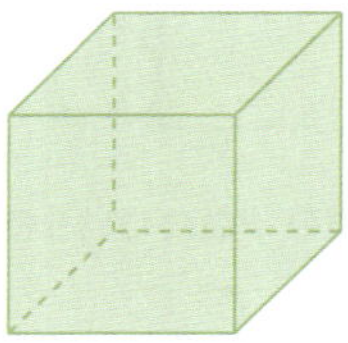

Le cube

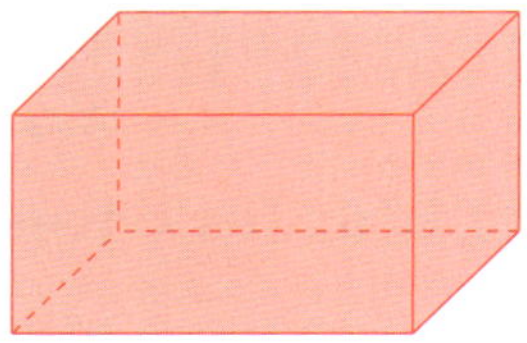

Le pavé droit

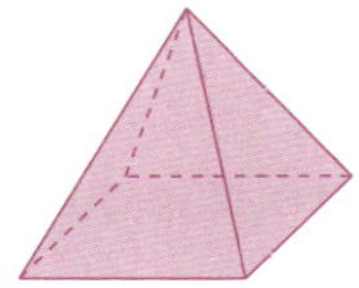

La pyramide

Pour **décrire un solide**, on utilise un vocabulaire précis :

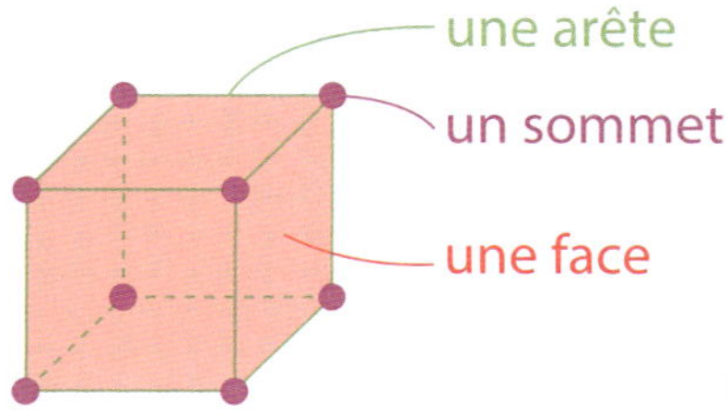

Conseil parents

Proposez à votre enfant de manipuler des solides concrets. Cela l'aidera à visualiser et compter les faces, les arêtes et les sommets.

? Le sais-tu ?

Un dé fait penser à un cube.

Une boite d'allumettes fait penser à un pavé droit.

Les pyramides d'Égypte font penser à une pyramide.

2 Je teste

Complète la carte d'identité du solide.

Pour compter le nombre de faces :
Aide-toi d'un objet qui a la même forme que le solide représenté. Commence par compter les faces qui sont devant toi, puis sur les côtés, et enfin les faces qui ne sont pas visibles. Avec l'habitude, tu feras ce même travail en imaginant le solide et sans avoir besoin de le manipuler.

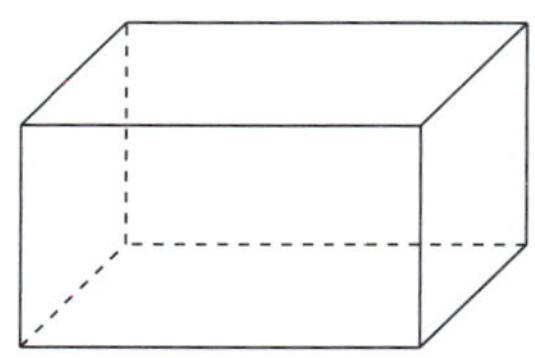

Pour compter les sommets :
Marque un point rouge. Tu comptes 4 points rouges sur la base et 4 points rouges « en haut » : il y a donc 8 sommets.

Pour compter les arêtes :
Marque un petit trait dessus. Tu comptes 4 arêtes pour la base, 4 arêtes « en haut » et 4 arêtes « vers le haut ». Il y a 12 arêtes.

Nombre de faces	6
Nombre de sommets	8
Nombre d'arêtes	12

3 Je m'entraîne

1 Écris le nom sous chaque solide : pyramide, cube, pavé droit.

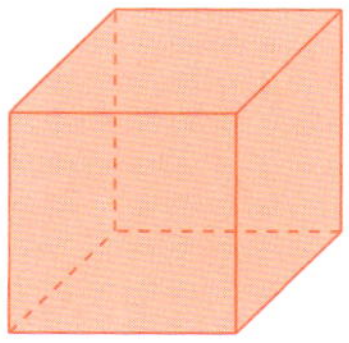
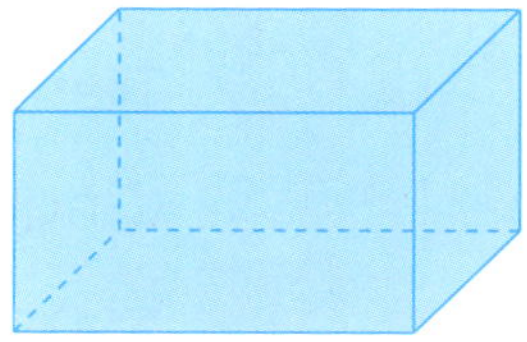
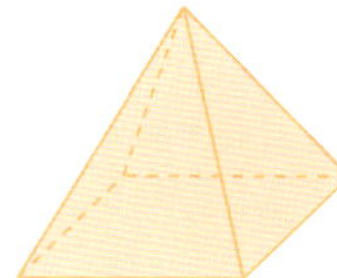

a) .... b) .... c) ....

2 Relie chaque photo au solide qui lui correspond.

un cube •

un pavé droit •

• 

• 

• 

• 

3 Écris le nombre de faces, de sommets et d'arêtes.

a)

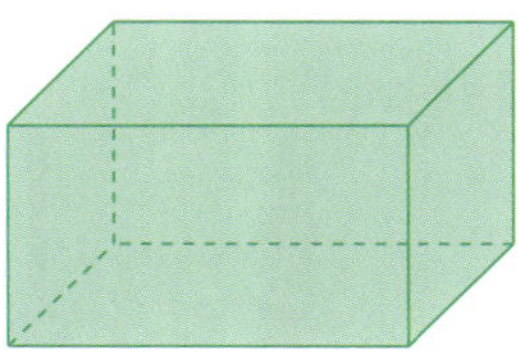

Nombre de faces : ....

Nombre de sommets : ....

Nombres d'arêtes : ....

b)

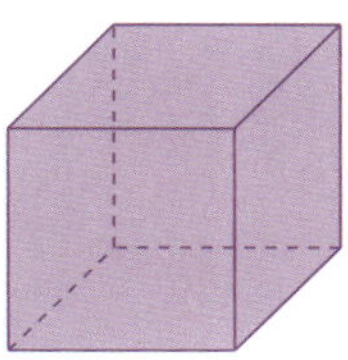

Nombre de faces : ....

Nombre de sommets : ....

Nombres d'arêtes : ....

Les maths au quotidien

Amuse-toi à réaliser une boîte en assemblant, avec du ruban adhésif, 5 carrés découpés dans du carton. Si tu rajoutes un sixième carré, tu obtiens un cube !

CORRIGÉS - LIVRET P. 41

Bilan

Les nombres de 0 à 69

1 Entoure les représentations du nombre 2.

2 Dessine 8 points sur la carte.

3 Écris les chiffres avec des mots.

2 : ......

5 : ......

7 : ......

9 : ......

4 Écris en chiffres le nombre d'étoiles.

★ ★ ★ ★ : ......

★ ★ ★ ★ ★ ★ : ......

★ ★ ★ ★ ★ ★ ★ ★ ★ : ......

5 Écris le nombre de bonbons dans le sachet.

6 Écris ces nombres en chiffres.

Trente-deux → ......

Cinquante-quatre → ......

Soixante-deux → ......

Cinquante → ......

Trente-trois → ......

7 Écris le nombre de fusées.

a)

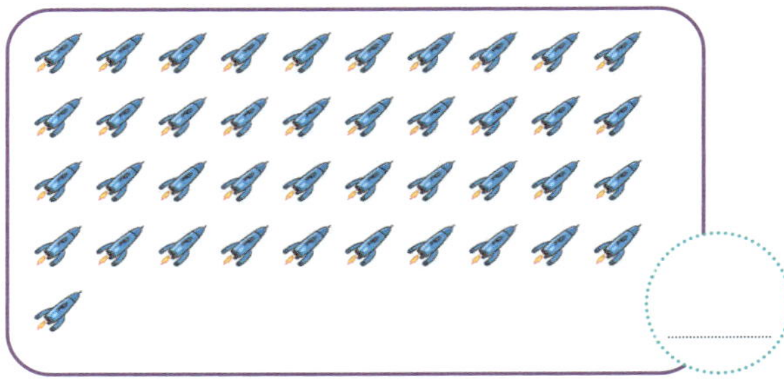

b)

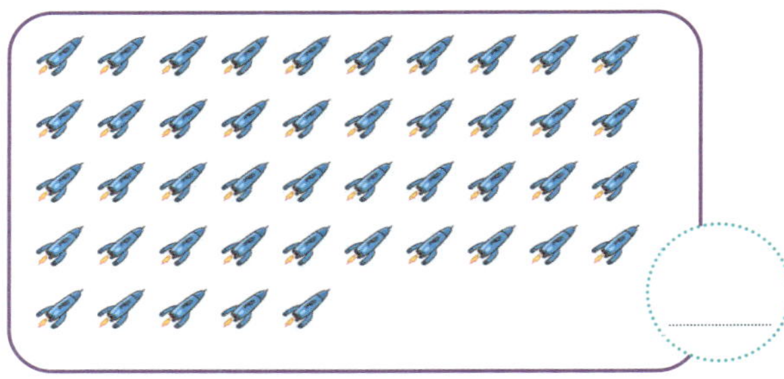

8 Écris le nombre représenté.

a)

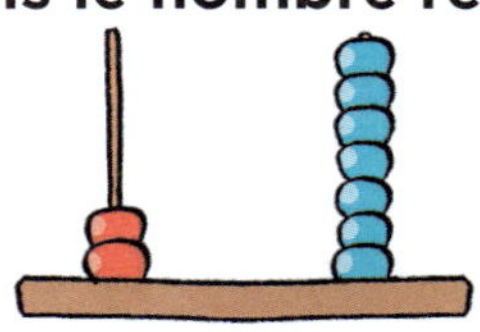

b)

9 Écris la suite des nombres.

56	57	58					

10 Écris ces nombres en lettres.

45 → ......

54 → ......

.../10

Les dizaines et les unités

1 Décompose chaque nombre avec les dizaines et les unités.

25 Il y a .... dizaines.
Il y a .... unités.

36 Il y a .... dizaines.
Il y a .... unités.

2 Dessine 22 billes en réalisant des paquets de 10.

3 Écris le nombre d'euros représenté.

Il y a .... euros.

Il y a .... euros.

4 Dessine les pions sur le boulier.

31

5 Compte le nombre de billes.

Il y a .... dizaines.

Il y a .... unités.

Le nombre représenté est ....

…/5

Ordonner des nombres

1 Écris les nombres dans l'ordre croissant.

9 ; 4 ; 5 → ....

46 ; 4 ; 14 → ....

2 Écris les nombres dans l'ordre décroissant.

10 ; 17 ; 4 → ....

17 ; 48 ; 14 → ....

3 Compare les deux nombres en utilisant le symbole > ou <.

5 .... 1 6 2

9 .... 3 7 5

4 Écris le nombre qui vient juste avant et celui juste après.

Juste avant	Nombre	Juste après
	7	
	14	
	9	

5 Écris la dizaine entière qui vient juste avant et celle juste après.

Dizaine entière juste avant	Nombre	Dizaine entière juste après
10	12	20
	36	
	28	

…/5

Bilan

La somme

1 Entoure les termes en bleu et le résultat de la somme en rouge.

12 + 7 = 19

2 Écris deux termes pour décrire ce que tu vois.

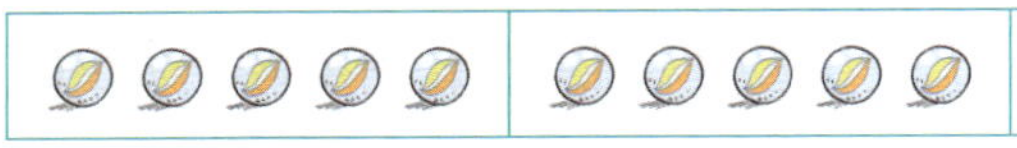

..... + ...

3 Écris le résultat des sommes.

6 + 2 = 8	8 + 3 = 11	8 + 4 = 12
7 + 2 = 9	9 + 2 = 11	9 + 3 = 12

4 Colorie les additions dont le résultat est 6.

3 + 6 = 9	3 + 3 = 6
5 + 1 = 6	1 + 5 = 6
2 + 3 = 5	4 + 2 = 6

5 Nina a 13 pommes dans une assiette et 7 pommes dans un panier. Combien a-t-elle de pommes en tout ?

..... + ... = ...

Nina a ..... pommes en tout.

.../5

La différence

1 Écris une différence pour comparer le nombre d'étages entre les 2 tours.

..... – .....

2 Dessine le chemin de la fourmi qui recule sur la frise.

La fourmi est sur la case 6 et elle recule de 4 cases.

1	2	3	4	5	6	7	8	9	10	11

3 Écris le résultat des différences.

18 – 4 = ...　　9 – 3 = ...

20 – 5 = ...　　7 – 2 = ...

10 – 2 = ...　　17 – 3 = ...

4 Dessine les billes pour répondre à la question.

Léo a 13 billes avant la récréation.
Il perd 4 billes pendant la récréation.
Combien a-t-il de billes à la fin de la récréation ?

En fin de récréation, il a ..... billes.

5 Colorie toutes les cases dont le résultat est 6.

16 – 6	13 – 7	8 – 7	9 – 3
5 – 1	12 – 6	15 – 6	10 – 4

.../5

CORRIGÉS - LIVRET P. 41-42

Les nombres de 70 à 99

1 **Écris avec des chiffres.**

Quatre-vingt-trois → ……………

Soixante-dix-huit → ……………

Soixante-treize → ……………

Quatre-vingt-dix-neuf → ……………

2 **Décompose le nombre comme tu le prononces.**

73, c'est aussi …………… et ……………

96, c'est aussi …………… et ……………

88, c'est aussi …………… et ……………

3 **Écris le nombre représenté sur les bouliers.**

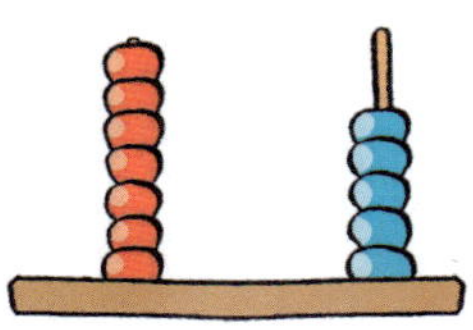

a) ……………

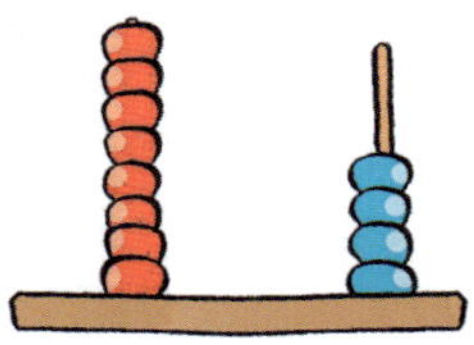

b) ……………

4 **Compare les nombres avec le symbole > ou <.**

87 …… 24 92 …… 91

68 …… 8 97 …… 78

5 **Écris dans l'ordre croissant.**

77 ; 81 ; 69

→ ……………

87 ; 84 ; 78

→ ……………

…/5

L'addition posée

1 **Écris l'addition en ligne.**

	2	8
+	7	1

…… + ……

	4	7
+	2	3

…… + ……

2 **Tom a 65 cerises dans un panier. Il a aussi 17 cerises dans un bol.**

+		
=		

Tom a …… cerises.

3 **Lou a 46 billes dans une poche et 17 billes dans sa main. Combien a-t-il de billes en tout ?**

+		
=		

Lou a …… billes.

4 **Écris le résultat de ces additions difficiles.**

	4	8
+	2	6
=		

	2	7
+	1	4
=		

5 **Écris le résultat de ces additions difficiles.**

	3	2
	2	7
+	1	7
=		

	1	9
	2	8
+	1	5
=		

…/5

CORRIGÉS - LIVRET P. 42

Bilan

Les problèmes avec addition et soustraction

1 Téo a rangé 65 assiettes dans le placard. Il doit encore en ranger 19. Combien a-t-il d'assiettes en tout ?

Il y a .... assiettes.

2 Nina a 6 € dans son porte-monnaie. Combien doit-elle ajouter pour avoir 10 € ?

Nina doit ajouter .... €.

3 Max a 8 ans. Si tu additionnes l'âge de Max et l'âge de son frère, tu obtiens 12 ans. Quel âge a le frère de Max ?

Le frère de Max a .... ans.

4 Zoé a 13 billes. Noa a 8 billes. Combien de billes Zoé a-t-elle de plus que Noa ?

Zoé a .... billes de plus que Noa.

5 Victor a 9 € dans son porte-monnaie. Il a 3 € dans sa poche et 2 € dans sa tirelire. Combien a-t-il d'argent en tout ?

Victor a .... €.

6 Sarah a 16 billes. Elle perd 5 billes dans la rue. Combien lui reste-t-il de billes ?

Il lui reste .... billes.

7 Franck a 21 € dans sa tirelire. Il donne 5 € à son frère. Combien d'argent lui reste-t-il dans sa tirelire ?

Il lui reste .... € dans sa tirelire.

8 Paul a 13 tomates. Il mange 5 tomates. Combien lui reste-t-il de tomates ?

Il lui reste .... tomates.

.../8

CORRIGÉS - LIVRET P. 42

Les problèmes de partage

1 Plusieurs enfants ont des crayons. Combien y a-t-il de crayons en tout ?

Lisa	Jordan	Claire
		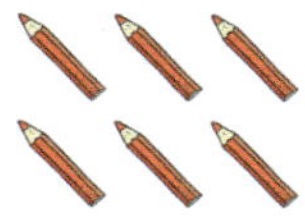

Il y a .... crayons en tout.

2 Tous les enfants doivent avoir le même nombre de cartes. Dessine les cartes en dessous de chaque enfant.

Jade	Mehdi

Il reste .... carte.

3 Téo a 8 billes. Il distribue les billes à ses 2 amis. Combien de billes a chaque ami ?

Chaque ami a .... billes.

4 Sonia a 15 bonbons. Elle fait des sachets de 5 bonbons. Combien de sachets peut-elle faire en utilisant tous les bonbons ?

Sonia peut faire .... sachets.

.../4

Les tableaux et les graphiques

1 Écris les réponses en t'aidant du graphique.

3				
2				
1				
Les cartes des enfants	Léone	Tom	Gabrielle	Thomas

Combien de cartes a Léone ? ....

Combien de cartes a Tom ? ....

2 Écris les réponses en t'aidant du graphique.

4				
3				
2				
1				
Les billes des enfants	Imane	Nolan	Élie	Ophélie

Quel enfant a le plus de billes ? ....

Quel enfant a 2 billes ? ....

Combien Imane a-t-elle de billes ? ....

3 Lis le texte et colorie les cases dans le graphique.

Samy a 4 livres.

Noa a 2 livres.

Julie a 3 livres.

4			
3			
2			
1			
Les livres des enfants	Samy	Noa	Julie

.../3

Bilan

Les axes gradués

1 Écris le nombre qui est au-dessus de chaque symbole.

0	1	2	3	4	5	6	7	8	9
	✿				☼	♫			★

Le symbole ✿ est sous le nombre ....

Le symbole ☼ est sous le nombre ....

Le symbole ♫ est sous le nombre ....

Le symbole ★ est sous le nombre ....

2 Colorie les cases de la bonne couleur.

50					55					60			

La case 61 en rouge.

La case 56 en bleu.

La case 52 en vert.

3 Lis et écris la température de chaque thermomètre.

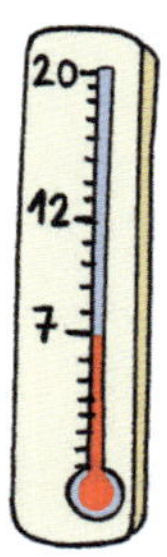

a)

Il fait .... °C.

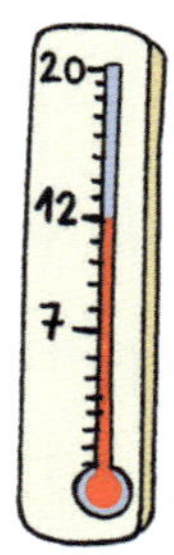

b)

Il fait .... °C.

4 Quelle taille fait la poupée ?

La poupée fait .... cm.

...**/4**

Les longueurs

1 Avec ta règle, mesure la longueur du chemin et celui déjà parcouru par la coccinelle.

La longueur de tout le chemin est .... cm.

La coccinelle a déjà parcouru .... cm.

2 Colorie le triangle qui a trois côtés de la même longueur.

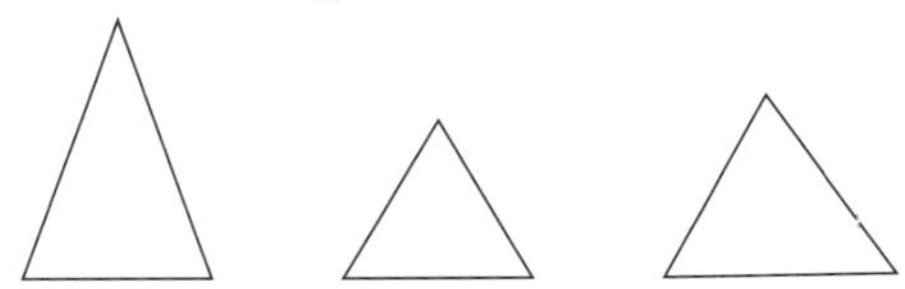

3 Trace un trait de 5 cm à partir du point.

•

4 Mesure tous les segments. Si on les met bout à bout, quelle est la longueur totale ?

A : ____________

B : ____________________

C : ________________________

Le segment A fait .... cm.

Le segment B fait .... cm.

Le segment C fait .... cm.

La longueur totale est de

.... + ... + ... = cm.

5 Combien de traits peux-tu tracer pour relier tous les points entre-eux ?

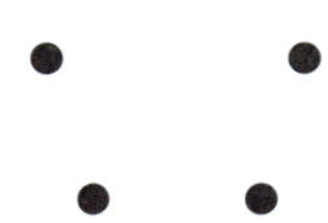

...**/5**

CORRIGÉS - LIVRET P. 42

La monnaie

1 Combien y a-t-il de pièces ?

a) 

Il y a .... pièces.

b) 

Il y a .... pièces.

2 Combien y a-t-il d'euros ?

a) 

Il y a .... €.

b) 

Il y a .... €.

3 Entoure le minimum de pièces pour payer le livre.

5 €

4 Zoé a 9 € dans son porte-monnaie. Elle donne 4 € au magasin pour acheter un ballon. Combien d'argent lui reste-t-il ?

Il lui reste .... €.

5 Entoure le prix qui te semble juste.

2 €   20 €

50 €   850 €

...../5

Les masses

1 Entoure l'élément le plus lourd.

2 Quelle est la masse de la poire ?

La masse de la poire est de .... g.

3 Observe les balances et complète les phrases avec les mots suivants :

plus lourd • plus léger • aussi lourd

L'ananas est .... que la fraise.

Le citron est .... que le melon.

Le melon est .... que l'ananas.

4 Entoure la masse qui te semble juste.

1 g   20 g

1 g   20 g

...../4

Bilan

Lire l'heure

1 Entoure l'aiguille qui indique que c'est l'heure pile.

2 Entoure si c'est le matin ou l'après-midi.

a) Il est 14 heures :

matin   après-midi

b) Il est 6 heures :

matin   après-midi

c) Il est 11 heures :

matin   après-midi

3 Écris l'heure indiquée sur chaque cadran.

Il est .... heures.

Il est .... heures.

4 Dessine les deux aiguilles sur le cadran.

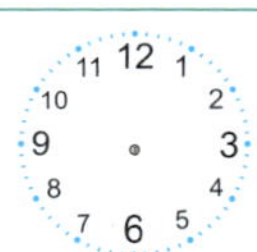

Il est 11 heures.

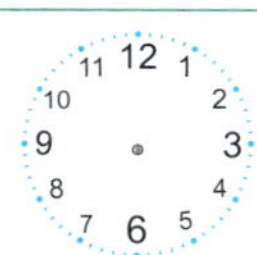

Il est 2 heures.

5 Complète les phrases.

Le matin, il est 8 heures, l'après-midi, il est .... heures.

Le matin, il est .... heures, l'après-midi, il est 16 heures.

…/5

Se repérer dans un quadrillage

1 Colorie les cases de la bonne couleur.

	A	B	C	D
1				
2				
3				

Le **bleu** est dans la case (A ; 2).

Le **jaune** est dans la case (D ; 3).

Le **vert** est dans la case (B ; 1).

Le **rouge** est dans la case (C ; 1).

2 Écris les coordonnées de chaque symbole.

	A	B	C	D
1		♣		
2	♠		♦	
3				♥

♥ se trouve dans la case (........ ; ....)

♦ se trouve dans la case (........ ; ....)

♣ se trouve dans la case (........ ; ....)

♠ se trouve dans la case (........ ; ....)

3 Trace le chemin du mouton.

↓ → ↑ → → ↓ ↓ →

	●			●	Le pré
				●	La mare
				●	Le bois
				●	La rivière

Où arrive le mouton ? ....

…/3

CORRIGÉS - LIVRET P. 43

Les formes géométriques

1 Relie un côté et un sommet pour chaque figure.

Côté

Sommet

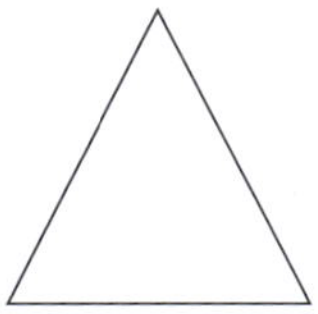

Côté

Sommet

2 Colorie les formes sur le dessin selon le code couleur suivant.

le cercle — le rectangle

le triangle — le carré

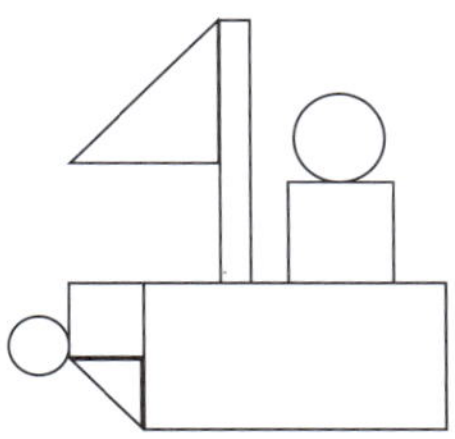

3 Mesure la longueur de chaque côté.

.... cm

.... cm 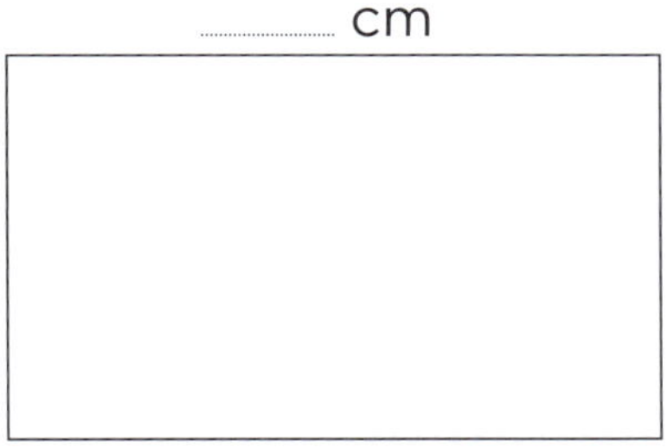 .... cm

.... cm

Est-ce un carré ? Oui Non

4 Trace toutes les diagonales possibles.

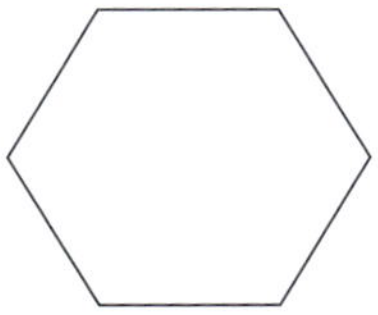

.../4

Les solides

1 Marque un point rouge sur tous les sommets.

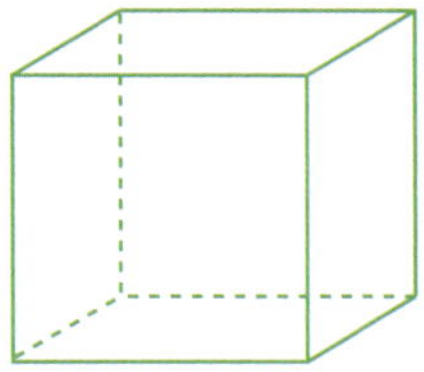 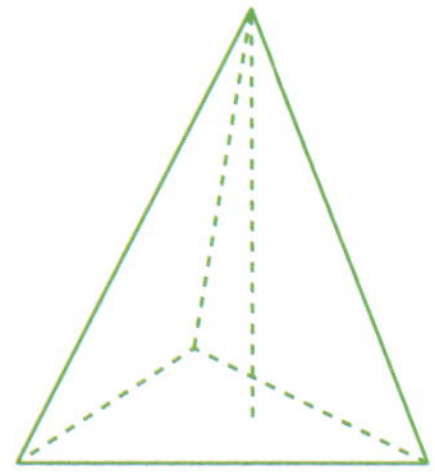

2 Répond aux questions sur cette figure.

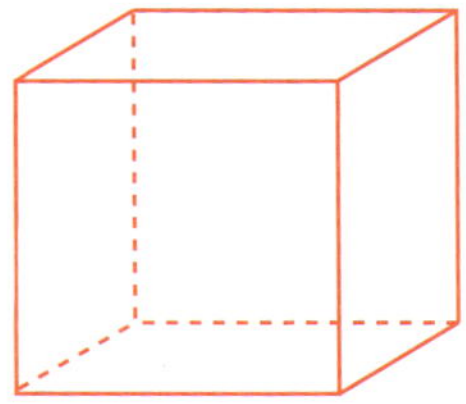

Combien y a-t-il de faces visibles ?

....

Combien y a-t-il de sommets ?

....

3 Regarde la forme ci-dessous et indique de quoi elle est composée.

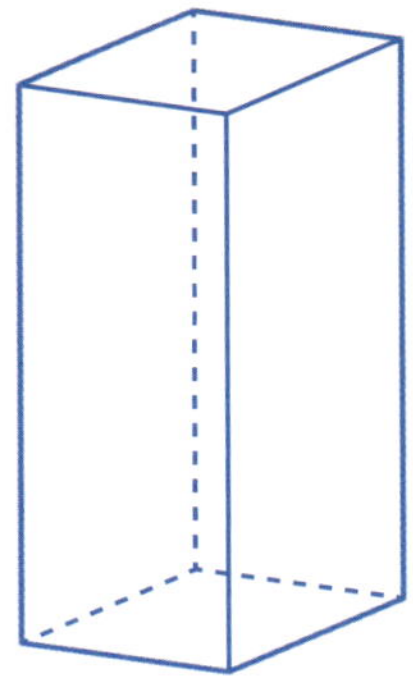

Cette figure a :

.... sommets

.... arrêtes

.... faces

.../3

1 Le jour, la semaine, le mois et l'année

1 Je comprends

1 jour = 24 heures

1 semaine = 7 jours

lundi – mardi – mercredi – jeudi – vendredi – samedi – dimanche

1 mois = 4 à 5 semaines

1 mois = 30 ou 31 jours

1 an = 12 mois

janvier, février, mars, avril, mai, juin, juillet, août, septembre, octobre, novembre, décembre

À toi de jouer !

Place tes deux poings comme sur le modèle.
Nomme les mois dans l'ordre en les « posant » l'un après l'autre sur chaque bosse et creux de tes deux poings. Ceux sur une bosse ont 31 jours, ceux sur un creux ont 30 jours.
Exception : février comporte 28 ou 29 jours.

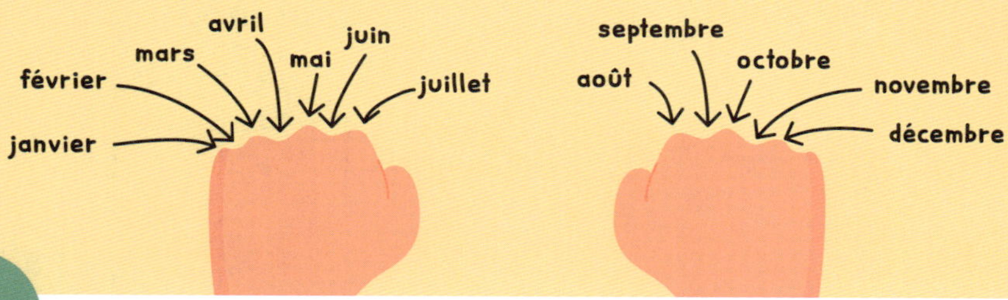

Conseil parents

Incitez votre enfant à consulter quotidiennement un calendrier avec vous, afin de l'entraîner à exprimer le nom du jour de la semaine, le nombre correspondant à la position du jour dans le mois et enfin le nom du mois.

Ex. : Nous sommes le lundi 12 septembre.

2 Je teste

Entoure en bleu les jours où tu vas à l'école et en rouge ceux où tu restes à la maison.

lundi mardi mercredi jeudi

vendredi samedi dimanche

3 Je m'entraîne

1 Quelle pagaille ! Les jours de la semaine ont été mélangés ! Replace-les dans le bon ordre en les numérotant de 1 à 7.

vendredi	lundi	mercredi	samedi	dimanche	mardi	jeudi
....	....	....	....	....	....	....

2 Colorie le mois de ton anniversaire.

janvier — février — mars — avril — mai — juin

juillet — août — septembre — octobre — novembre — décembre

3 Parmi les mois proposés, entoure ceux qui possèdent 31 jours.

septembre — janvier — juillet — mars

avril — décembre — février

*Astuce
N'oublie pas d'utiliser tes poings !

4 Regarde bien le calendrier du mois de septembre 2022. Entoure la bonne réponse.

SEPTEMBRE 2022	
eudi	1
vendredi	2
samedi	3
dimanche	4
lundi	5
mardi	6
mercredi	7
jeudi	8
vendredi	9
samedi	10
dimanche	11
lundi	12
mardi	13
mercredi	14
jeudi	15
vendredi	16
samedi	17
dimanche	18
lundi	19
mardi	20
mercredi	21
jeudi	22
vendredi	23
samedi	24
dimanche	25
lundi	26
mardi	27
mercredi	28
jeudi	29
vendredi	30

a) Il y a 5 vendredis durant le mois de septembre 2022.

Vrai — Faux

b) Le 8e jour du mois de septembre est un samedi.

Vrai — Faux

c) Le dernier mardi du mois est le 27e jour.

Vrai — Faux

d) Mon anniversaire est le 6 septembre. C'est un lundi !

Vrai — Faux

L'histoire au quotidien

Les jours, les semaines, les mois et les années existent pour nommer le temps qui passe.

Observe ta date de naissance :

tu es né(e) le ....

le jour — le mois — l'année

Bien pratique pour fêter son anniversaire !

2

Les saisons

1 Je comprends

Il y a 4 saisons :
l'**hiver**, le **printemps**, l'**été** et l'**automne**.
Une saison dure 3 mois.

Ces 4 saisons reviennent chaque année et s'enchaînent toujours dans le même ordre.
C'est le **cycle des saisons**.

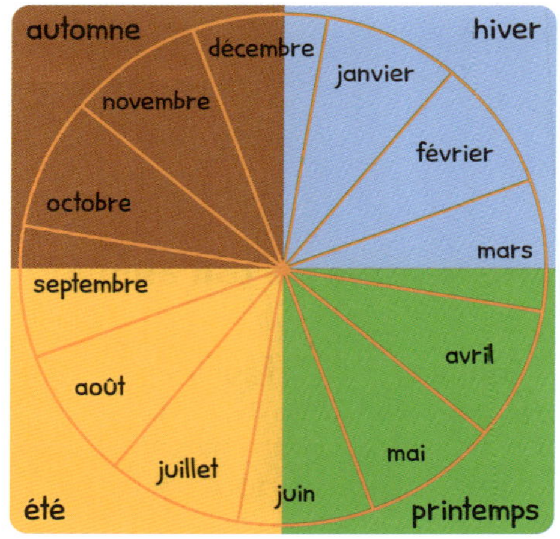

***Astuce**

Les saisons sont associées au mois de l'année.
Tu peux penser aux événements importants de ces mois pour t'aider à te souvenir des saisons.

Ex. : Quand je suis en vacances et que je peux aller dehors en tee-shirt, c'est l'été.
À Noël, je sors les bottes et mes chaussettes, car c'est l'hiver.

Conseil parents

On parle souvent des fruits et des légumes de saison. Vous pouvez apprendre à votre enfant qu'on ne trouve pas les mêmes fruits et légumes toute l'année.

2 Je teste

Relie chaque arbre à sa saison.

L'**hiver** : froid et humide.	Le **printemps** : frais, puis de plus en plus doux.	L'**été** : chaud et sec.	L'**automne** : doux au début, puis de plus en plus frais et humide.

3 Je m'entraîne

1 **Complète la roue des saisons avec les mots : printemps • automne • été • hiver.**

2 **Lis les phrases et entoure la bonne réponse : vrai ou faux ?**

a) L'herbe est toute jaune au printemps.	Vrai	Faux
b) Au printemps, il y a de la neige et du verglas sur la route.	Vrai	Faux
c) En juillet, lors des grandes vacances, c'est l'été.	Vrai	Faux
d) Les feuilles tombent des arbres en automne.	Vrai	Faux

3 **Complète le texte avec ces mots :**

soleil • neige • vent • pluie

En hiver, quand il fait très froid, il y a de la ....

Parfait pour faire de jolis bonhommes ! Puis, au printemps, le temps est plus doux avec parfois de la ....

La saison la plus chaude, c'est l'été ; le .... brille toute la journée. Quand le .... souffle, les feuilles tombent, c'est l'automne.

L'histoire au quotidien

Observe la nature, tu verras qu'elle change à chaque saison. Pour cela, tu peux prendre en photo un même endroit à différents moments de l'année.

3 Les événements de la journée

1 Je comprends

Un **événement** est une chose qui se passe à un moment donné.

Certains événements sont **rares** (ton anniversaire), d'autres arrivent **de temps en temps** (les vacances).

Et il y a ceux qui arrivent **souvent** : aller à l'école, faire du sport, faire des courses, se promener, écouter de la musique, lire un livre...

Certains événements sont encore plus **fréquents**, ils se produisent tous les jours. On les appelle des **rituels** : se lever, manger, se laver, aller aux toilettes, s'habiller, se coucher...

À toi de jouer !

Dans la journée, tu répètes certaines actions plusieurs fois par jour. Peux-tu dire lesquelles ?

Conseil parents

Pensez aux journaux pour enfants ; c'est une bonne entrée en matière pour aborder la notion d'événement.

2 Je teste

Observe les activités d'une journée.

Et toi, comment est ta journée ?

3 Je m'entraîne

1 Entoure la réponse correcte : vrai ou faux ?

a) Ton anniversaire est un événement qui a lieu une fois par an. Vrai Faux

b) Une éclipse solaire est un événement quotidien. Vrai Faux

c) Aller à l'école est le premier rituel de ta journée. Vrai Faux

d) Prendre son petit déjeuner le matin est un rituel quotidien. Vrai Faux

2 Entoure en rouge les rituels quotidiens et en bleu les événements plus rares.

3 Range les événements de la journée dans le bon ordre en les numérotant de 1 à 6.

....

....

....

....

....

....

L'histoire au quotidien

Tu peux tenir **un journal intime** en y écrivant, ou en y dessinant, les événements de ton quotidien et tes impressions. En le relisant plus tard, tu mesureras le temps qui passe et tout ce que tu as pu vivre et faire !

CORRIGÉS - LIVRET P. 44

Les générations

1 Je comprends

Une famille comprend des personnes d'âges différents : des enfants, leurs parents, leurs grands-parents, voire leurs arrière-grands-parents.

Dans une famille, il y a plusieurs **générations**.

Le grand-père

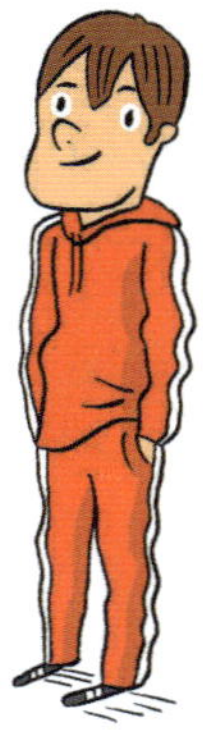

Le père

Le fils

À toi de jouer !

Crée ton propre arbre généalogique à l'aide de tes parents. C'est un moyen intéressant de dresser un portrait de famille !

Conseil parents

Parlez de votre famille avec votre enfant pour susciter sa curiosité sur ses liens avec les personnes les plus âgées de sa famille. Vous pouvez aussi créer ensemble votre propre arbre généalogique !

2 Je teste

Chaque génération a utilisé des téléphones, mais ils ont beaucoup évolué.

Entoure le téléphone le plus ancien.

*Astuce

Demande à tes parents quels téléphones ils ont connus. Tu verras qu'ils sont bien différents de ce que toi, tu connais !

3 Je m'entraîne

1 Entoure la bonne réponse.

a) Une famille est constituée **d'une génération** / **de plusieurs générations**.

b) Dans une famille, il y a des personnes **d'âges différents** / **du même âge**.

c) Tes grands-parents sont **les grands-parents de tes parents** / **les parents de tes parents**.

2 Voici la même personne à différents moments de sa vie.
Numérote les images dans l'ordre chronologique.

3 Voici l'arbre généalogique de la famille de Coline.
Regarde-le bien et complète les phrases.

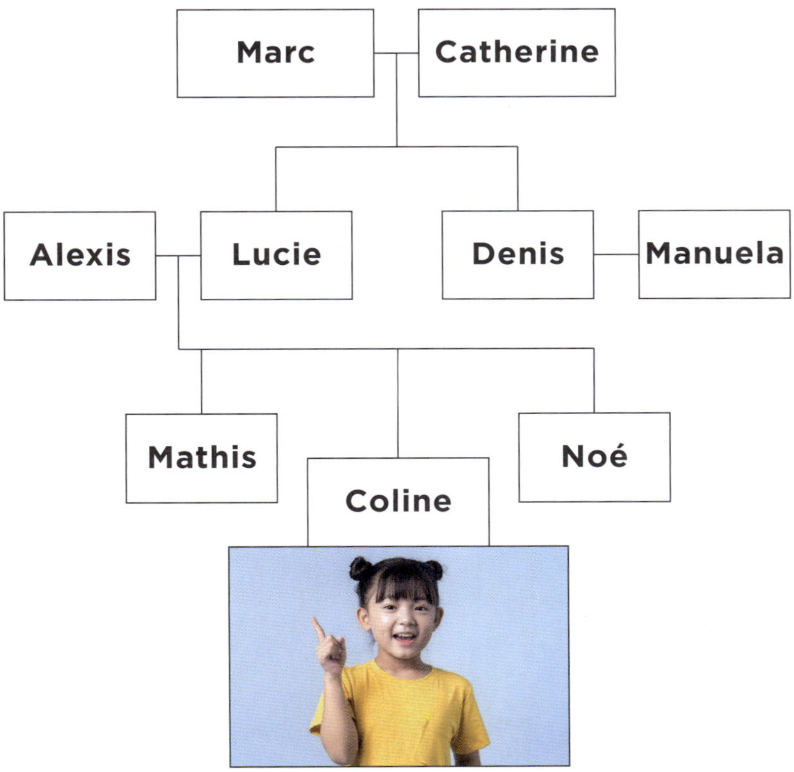

a) Coline est la fille de ....

et d' ....

b) Alexis est le père de .... ,

de ....

et de ....

c) Les grands-parents de Coline s'appellent ....

et ....

d) Les parents de Denis sont ....

et ....

1

L'espace de la chambre

1 Je comprends

Ta **chambre** est un **espace de la maison** ou de **l'appartement** où tu habites. Elle est grande ou petite, peut-être partagée avec ton frère ou ta sœur.

Dans une chambre, tu peux…

dormir

t'habiller

jouer

lire

mais aussi écouter de la musique, faire tes devoirs…

À toi de jouer !

Observe cette photo et regarde le plan d'une chambre vue du dessus. Tu peux dessiner le plan de la tienne !

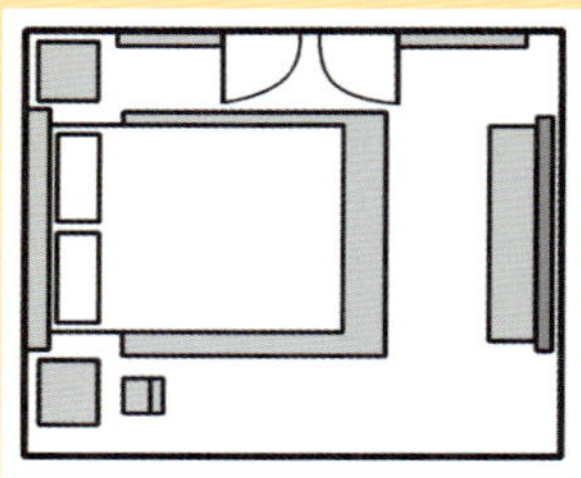

Conseil parents

Pour appréhender l'espace commencez par un lieu bien connu : la chambre.

2 Je teste

Tous les enfants n'ont pas les mêmes meubles.
Cependant, une chambre est souvent constituée de plusieurs petits espaces que l'on repère assez vite.

3 Je m'entraîne

1 Entoure la bonne réponse : vrai ou faux ?

a) La chambre est l'endroit pour se reposer. Vrai Faux

b) La chambre est le lieu pour prendre ses repas. Vrai Faux

c) Toutes les chambres d'enfants sont pareilles. Vrai Faux

d) On ne range jamais ses vêtements dans une chambre. Vrai Faux

2 Observe les photos et entoure celles où tu vois une chambre.

3 Entoure les objets qui vont dans une chambre.

4 Dessine ta chambre préférée en plaçant les espaces suivants : le coin pour dormir, le coin pour jouer, le coin des vêtements et le coin pour travailler.

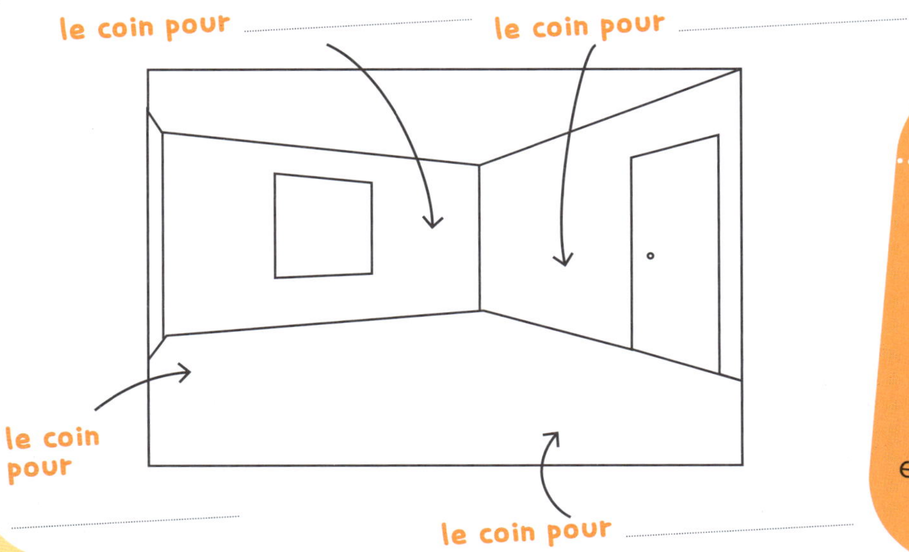

La géographie au quotidien

Quand tu arrives dans **une nouvelle chambre** (celle d'un copain par exemple), **repère** le coin pour dormir, celui pour ranger les vêtements, celui pour jouer ou encore celui pour travailler… sans oublier les espaces s'ouvrant sur l'extérieur : une porte et une fenêtre.

CORRIGÉS - LIVRET P. 44

2 Le lieu de vie

1 Je comprends

Tu habites dans une **maison** ou un **appartement**.
Ce sont des espaces d'habitation où l'on retrouve toujours les mêmes pièces importantes pour vivre :

une cuisine

une chambre

une salle de bain

un salon

Parfois, les habitants d'une maison possèdent un jardin. Ceux en appartement peuvent avoir une terrasse ou un balcon, mais ils partagent des espaces communs avec les autres habitants de l'immeuble (couloir, escalier, ascenseur...).

À toi de jouer !

Observe cette photo et dessine une maison !

Conseil parents

Visiter une nouvelle maison ou un nouvel appartement avec votre enfant peut lui permettre de s'entraîner à repérer les différentes pièces.

2 Je teste

En ville ou à la campagne ?

Les immeubles sont situés dans des villes ;
les maisons peuvent être en ville ou à la campagne.

Entoure en vert les habitations à la campagne et en rose celles en ville.

3 Je m'entraîne

1 Entoure la bonne réponse : vrai ou faux ?

a) La cuisine est une pièce que l'on ne trouve que dans les maisons. Vrai Faux

b) Le hall est un espace commun dans un immeuble. Vrai Faux

c) Toutes les maisons ont un garage. Vrai Faux

d) Un appartement est forcément plus petit qu'une maison. Vrai Faux

2 Ces photos montrent-elles la partie d'une maison ou celle d'un immeuble ? Écris maison ou immeuble sous chaque photo.

....

3 Lis le texte, puis colorie les pièces de la maison traversées par Sonia.

Après une bonne nuit, Sonia se lève et va se doucher. Puis, elle descend prendre son petit déjeuner. Elle décide de manger dehors car il fait beau. Ensuite, elle rentre regarder un peu la télévision. Enfin, elle monte aider sa maman à ranger des vieux cartons tout en haut de la maison. Une heure plus tard, elle redescend pour prendre son vélo suspendu entre la voiture et la tondeuse.

grenier | salon | chambre | salle de bain | garage | jardin | cuisine | toilettes | cave | bureau

La géographie au quotidien

Et toi, où habites-tu ?

Dans une maison ou un appartement ?

J'habite dans ....

Quel est le nom de ta ville ?

J'habite à ....

3

Se repérer dans l'espace

1 Je comprends

Pour se repérer et se déplacer, on utilise un **vocabulaire précis**, compréhensible par tous pour éviter les erreurs et se perdre.

La flèche va vers la gauche.	La flèche va tout droit.	La flèche va vers la droite.
 en haut	 au milieu	 en bas
 sur	 sous	 à côté
 devant	 derrière	 entre
 au-dessus	 dans	 en dessous
 à l'intérieur	 à l'extérieur	

Conseil parents

Au quotidien, utilisez ce vocabulaire.
Ex. : Les chaussures sont ***sous*** *la chaise. Ton jouet est* ***entre*** *le canapé et la table.*

2 Je teste

Déplace-toi sur un quadrillage.

Trace le chemin pour que le chat attrape la souris. Tu peux dire à haute voix « haut », « bas », « droite », « gauche » pour t'aider si tu veux.

↑ → ↓ → → ↑

↑ ← ↑ ↑ → →

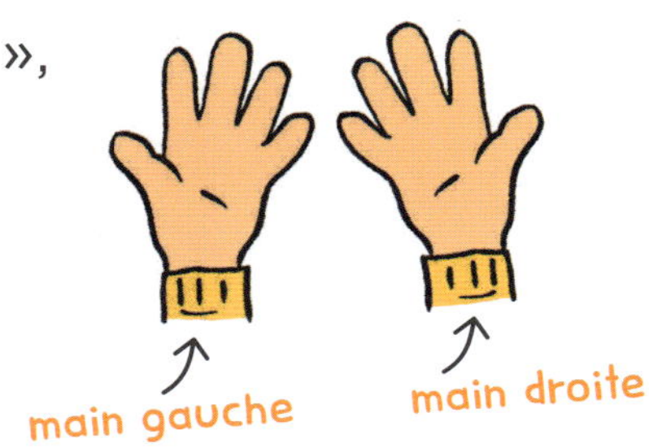

3 Je m'entraîne

1 **Entoure la main gauche de l'enfant sur chaque dessin.**

2 **Regarde attentivement cette chambre et complète les phrases avec les mots suivants :**

sur • entre • derrière • à côté • dans

a) L'étoile est .... la chaise.

b) la girafe est .... de la table.

c) Le lama est .... la guirlande et le lion.

d) Le panier est .... la commode.

e) La chenille est .... la lettre R.

3 **Trace sur la grille le parcours codé par la suite de flèches :**

↓ → → ↑ → ↓ ↓ ↓ ↓ → →

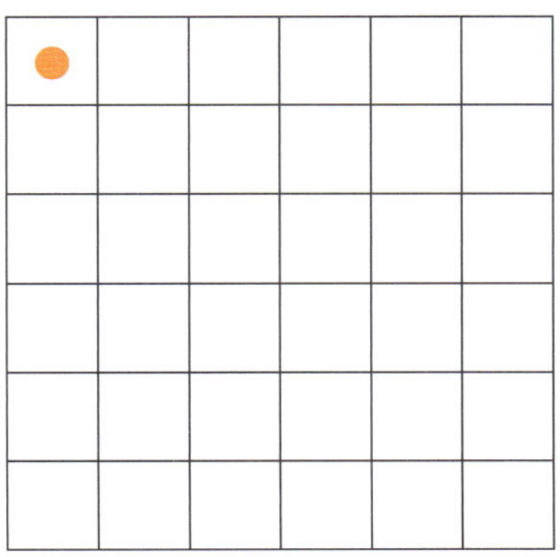

La géographie au quotidien

Connaître ce vocabulaire et savoir l'utiliser au bon moment est très utile. Cela permet d'être plus efficace et de gagner beaucoup de temps.
Essaie de décrire la place d'un objet sans ce vocabulaire : c'est compliqué !

1

La vie en classe

1 Je comprends

À l'école, tu es plus qu'un enfant, tu es aussi un élève.

Un élève a des DROITS.

- Aller à l'école
- Apprendre
- Avoir des amis
- Jouer

Un élève a des DEVOIRS.

- Respecter les règles
- Écouter les autres
- Avoir son matériel
- Faire ses devoirs

Le sais-tu ?

L'école est aussi l'endroit où l'on protège les élèves. Ainsi, un élève a le droit d'être respecté dans ses différences.

Conseil parents

Parlez des règles qui régissent la vie en classe avec votre enfant et n'hésitez pas à montrer les points communs avec celles que vous établissez à la maison.

2 Je teste

Colorie les règles que tu respectes.

J'arrive à l'heure à l'école avec mes affaires.	J'écoute l'enseignant en classe.	Je lève la main pour prendre la parole.	J'écoute les autres élèves lorsqu'ils s'expriment.
Je respecte les autres quand je joue dans la cour, et je respecte les règles des jeux collectifs.	Je discute lorsque j'ai un problème, sans jamais frapper ou insulter.	Je prends soin du matériel de l'école.	J'alerte un adulte si je vois un enfant en difficulté et je l'aide si je peux.

3 Je m'entraîne

1 **Reconstitue chaque règle en reliant le début et la fin de la phrase.**

Je prends soin	•	• à l'enseignant ou aux autres élèves.
Je ne coupe pas la parole	•	• à l'école avec toutes mes affaires.
J'arrive à l'heure	•	• du matériel de l'école.
Je discute avec un adulte	•	• si j'ai un problème.

2 **Lis les phrases et colorie les réponses les plus probables.**

a) Si je casse volontairement la règle de mon voisin…

mon voisin va être triste ou énervé.	l'enseignant va me sanctionner pour cette faute.	mon voisin me prêtera sûrement une autre règle.

b) Si j'aide un élève tombé dans la cour à se relever et si je préviens un adulte…

cet élève sera en colère contre moi.	cet élève voudra peut-être devenir mon ami.	mon attitude évitera peut-être un accident plus grave.

c) Si je parle poliment aux adultes et aux autres élèves…

je verrai des sourires chez les autres.	on se moquera de moi.	je recevrai sûrement de l'aide si j'ai besoin.

3 **Lis attentivement l'histoire, puis coche uniquement les règles que Lucas a respectées.**

Ce matin, Lucas m'a défendu. Deux garçons se moquaient de mon pull orange. En classe, le maître a puni Lucas car il discutait et faisait du bruit avec sa chaise. Pendant la récréation, Lucas s'est bien rattrapé en nous prévenant qu'il y avait une flaque d'eau gelée et glissante. Il a même prévenu la directrice. Mais de retour en classe, pendant un débat, Lucas a énervé tout le monde car il parlait fort sans lever la main et n'a pas écouté les autres…

- ○ Aider ses camarades.
- ○ Écouter les autres.
- ○ Lever la main pour prendre la parole.
- ○ Avoir un langage et une attitude respectueux en classe.
- ○ Prévenir un adulte en cas de problème.

L'EMC au quotidien

Parfois, cela peut arriver de transgresser une règle, volontairement ou non. Si c'est le cas un jour, **essaie de réfléchir aux raisons qui t'ont amené à le faire**… pour éviter de recommencer !

CORRIGÉS - LIVRET P. 45

2 L'hygiène

1 Je comprends

L'**hygiène corporelle** est importante.

Les **microbes** sont des êtres vivants, invisibles à l'œil nu, présents tout autour de nous. Ils sont **responsables de maladies**.

Garder notre corps propre aide à rester en bonne santé.

Le sais-tu ?

Un enfant a **20 dents**, ce sont les dents de lait.

Un adulte en a **32**.

Toutes les dents sont différentes !

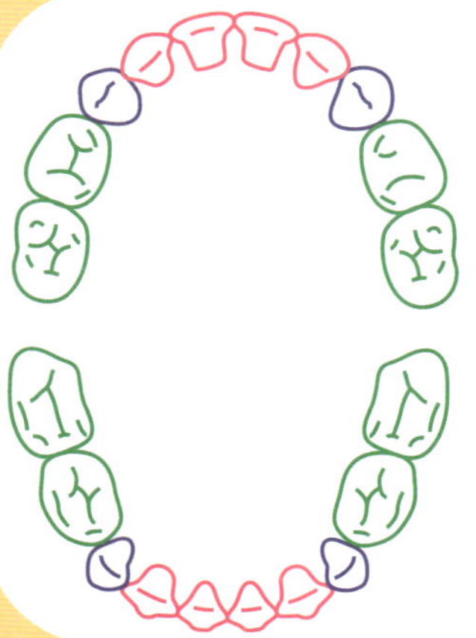

Incisives

Canines

Molaires

Conseil parents

N'hésitez pas à afficher dans la salle de bain les gestes élémentaires d'hygiène, afin que ceux-ci deviennent un rituel pour votre enfant.

2 Je teste

Montre les gestes que tu fais régulièrement pour rester propre.

Se laver les cheveux et le corps.

Se laver les mains avec du savon.

Se brosser les dents.

Nettoyer ses vêtements.

3 Je m'entraîne

1 Quand faut-il se laver les mains ?
Complète chaque phrase avec les mots suivants :

mouche • toilettes • animal • Avant

a) .... de commencer ses repas.

b) Juste après être allé aux ....

c) Lorsque je suis enrhumé, à chaque fois que je me ....

d) Après avoir caressé un ....

2 Qui a la bonne attitude ? Entoure les phrases avec le bon geste.

Tu te laves les mains avant le dîner.

Tu te mouches toujours dans le même mouchoir.

Pour laver tes mains, tu les mouilles puis tu les sèches.

Avant d'aller dormir, tu te brosses les dents.

Le matin ou le soir, tu prends une douche.

3 Ces objets aident à se laver. Relie chacun d'eux à la partie du corps à nettoyer.

le corps •

les dents •

les oreilles •

• 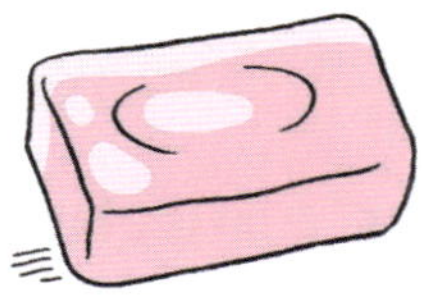

• 

• 

• 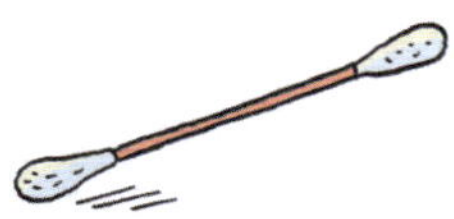

• 

L'EMC au quotidien

À l'école, dans la rue ou chez toi, chacun doit **adopter un bon comportement afin d'éviter la transmission des microbes**.
Quand tu es enrhumé, tu te mouches dans un mouchoir en papier, puis tu le jettes à la poubelle.

3 Les règles de sécurité

1 Je comprends

De nombreux endroits ou objets peuvent être des **sources de danger** si l'on ne respecte pas certaines **règles de prudence**.

Certains objets peuvent...

- **brûler :** le fer à repasser, le four, les plaques électriques, l'eau bouillante, le barbecue...
- **empoisonner :** les produits ménagers, ceux pour le jardin (engrais)...
- **couper :** couteau, ciseaux, sécateur, scie, rasoir...
- **faire tomber** : échelle, escalier, meuble...

Pour éviter le danger :
il faut faire attention et demander l'aide d'un adulte.

Le sais-tu ?

En cas d'accident, il faut appeler les secours.

112 APPEL GÉNÉRAL DE SECOURS

15 SAMU

17 POLICE

18 POMPIERS

Conseil parents

Votre rôle est capital dans l'explication des consignes de sécurité et des règles à suivre.

2 Je teste

Les formes et les couleurs des panneaux du code de la route ont un sens.

Rond + **rouge** → **interdiction**

Triangle + **rouge** → **danger**

Rond + **bleu** → **obligation**

Sens interdit

Interdit aux vélos

Danger : voie rétrécie

Obligation d'aller tout droit

Les feux pour les voitures et pour les piétons :

Je m'arrête.

Je dois m'arrêter.

Je peux passer.

Je m'arrête.

Je peux traverser.

3 Je m'entraîne

1 **Observe ces photos. Que risque-t-il d'arriver ?**
Relie chaque photo au verbe qui lui correspond.

se brûler · tomber · s'électrocuter

2 **Théo est-il prudent ? Entoure les bonnes attitudes.**

En retard pour aller à l'école, Théo descend rapidement l'escalier en chaussettes.

Théo a mal à la tête. Il sait où sont les médicaments, mais il demande à son papa.

Des outils de jardin bloquent l'accès à son vélo, Théo demande de l'aide à sa maman.

Théo et sa sœur jouent à se courir après sur le trottoir.

3 **Entoure en rouge les situations dangereuses.**

L'EMC au quotidien

« **Ne convient pas aux enfants** », « **tenir hors de portée des enfants** » : ces messages sont marqués sur certains produits. Ce sont des avertissements pour alerter les adultes et protéger les enfants d'un danger. **Surtout, respecte-les !**

1 Le vivant et le non-vivant

1 Je comprends

Le vivant

Le vivant peut naître, grandir, se reproduire et mourir.

Ce sont les **animaux** (cheval, chien, humain...) et les **végétaux** (fleur, arbre...).

Le non-vivant

Le non-vivant ne peut pas naître, grandir, se reproduire et mourir.

Il se compose des **minéraux** (caillou, terre...), des **éléments naturels** (eau, air, feu...), des **objets**...

? Le sais-tu ?

Les animaux sont les seuls êtres vivants qui peuvent se déplacer.

Conseil parents

Au cours d'une balade, montrez à votre enfant des animaux, des objets ou des plantes, et demandez-lui si c'est vivant ou non vivant.
Cette pierre est-elle vivante ? Et cette tulipe ?

2 Je teste

Observe les dessins : ils peuvent tous bouger.
Barre ceux qui ne sont pas vivants.

***Astuce**
Un objet qui bouge n'est pas forcément vivant.
Ex. : voiture, train...

3 Je m'entraîne

1 Colorie en vert les végétaux et en bleu les animaux.

2 Barre les images qui ne représentent pas des êtres vivants.

3 Relie les images à VIVANT ou NON-VIVANT.

VIVANT   NON-VIVANT

4 Entoure la bonne réponse.

a) Le non-vivant peut se déplacer.

Vrai   Faux

b) Les êtres vivants peuvent se reproduire.

Vrai   Faux

c) Les minéraux sont des êtres vivants qui ne bougent pas.

Vrai   Faux

d) L'homme est un être vivant.

Vrai   Faux

Les sciences au quotidien

Le vivant naît, grandit, vieillit et meurt.

Observe une graine que tu plantes.

2

Ovipare et vivipare

1 Je comprends

Certains animaux sont ovipares.

Ils **pondent des œufs**.

Une fois l'œuf pondu, le petit grandit à l'intérieur avant d'éclore, c'est-à-dire sortir de l'œuf.

Ex. : la poule, les oiseaux, l'ornithorynque, la tortue…

D'autres animaux sont vivipares.

Le **petit grandit directement à l'intérieur du ventre** de sa mère, avant de naître. Chez beaucoup de vivipares, les femelles allaitent leurs petits.

Ex. : le cheval, le lion, le gorille…

Le sais-tu ?

- Avant de naître, tu as grandi dans le ventre de ta maman. Les humains sont donc des **vivipares**.
- L'ornithorynque est l'un des seuls mammifères à pondre des œufs. C'est un **ovipare**.

Conseil parents

Il est possible que votre enfant ne connaisse pas certains animaux. C'est tout à fait normal. Il en existe tellement ! Vous pouvez l'aider en nommant l'animal.

2 Je teste

Colorie en rouge les ovipares et en vert les vivipares.

*Astuce

Pour retenir la différence entre « ovipare » et « vivipare », tu peux regarder la première lettre.
Dans « ovipare », il y a un o comme dans dans « œuf ».

3 Je m'entraîne

1 Relie chaque animal au bon mot.

OVIPARE VIVIPARE

2 Entoure les animaux qui allaitent leurs petits.

3 Relie le nom du petit à l'image de sa mère.

le baleineau

le poussin

le souriceau

l'éléphanteau

le lionceau

Les sciences au quotidien

Observe les œufs : ils ont différentes tailles selon l'animal.

3 La vie d'un animal

1 Je comprends

❶ Les animaux naissent après la rencontre entre un mâle et une femelle. On appelle cela la **reproduction**. Ensuite, il y a la **gestation** (le futur bébé se développe dans le ventre de la femelle).

❷ À la **naissance**, le petit grandit afin de devenir adulte. On appelle cela la **croissance**. Une fois adulte, il peut se reproduire.

❸ À la **fin de sa vie**, l'animal meurt.

On distingue trois étapes dans la **vie de l'animal** :

la naissance → la croissance → la mort.

Le sais-tu ?

Certains animaux, quand ils sont petits, ne ressemblent pas toujours à l'adulte.

Ex. : un têtard et une grenouille.

*Astuce

Pour bien distinguer « mâle » et « femelle », pense au f de « femelle » comme dans « fille ».

Conseil parents

Au cours de son année de CP, votre enfant découvrira comment se passent les différentes gestations chez l'animal (voir la leçon « Ovipare et vivipare »).

2 Je teste

Numérote les images de 1 à 4 de la vie du papillon, de l'œuf à l'âge adulte.

3 Je m'entraîne

1 Comment grandissent les animaux ? Entoure la bonne réponse.

a) Le têtard change de forme quand il grandit. Vrai Faux
b) Le chiot change de forme quand il grandit. Vrai Faux
c) La chenille change de forme quand elle grandit. Vrai Faux
d) Le poulain change de forme quand il grandit. Vrai Faux

2 Remets dans l'ordre les étapes de vie de ces animaux.

la poule

le cheval

3 Complète le texte avec ces mots :

œufs • cocon • éclosion • chenilles • papillon • accouplement

Lorsque vient le moment de se reproduire, l'.................... a lieu entre un mâle et une femelle papillon. Après cette rencontre, la femelle pond des .... qui écloront quelques jours plus tard. On appelle cela l'.................... . Des larves sortent des œufs, elles deviendront des .... À la fin de leur croissance, les chenilles tissent un .... tout autour d'elles, qu'on appelle chrysalide. De cette chrysalide sortira un ....

4 Colorie en violet la femelle, en rouge le mâle et en jaune les petits.

Les sciences au quotidien

Regarde des photos de famille !

As-tu vu tes parents quand ils étaient bébés et enfants ? Ils ont bien changé !

4 Le développement des plantes

1 Je comprends

❶ Le cycle de croissance des plantes commence par le **développement de la graine dans le sol** : c'est la **germination**.

❷ La graine contient des **réserves de nourriture** pour grandir.

❸ Puis la plante sort de la graine. Pour se développer, **elle a besoin** :

- d'eau
- de lumière
- de chaleur

Le sais-tu ?

Chaque graine grandit de la même manière, mais elles n'ont pas les mêmes besoins. Si tu souhaites cultiver des graines différentes, **il faut donc bien lire la notice !**

Conseil parents

Votre enfant peut planter une graine de petit pois ou un noyau d'avocat dans un fond de bouteille et observer ce qu'il se passe.

2 Je teste

Entoure la bonne réponse concernant les besoins des plantes.

a) On parle de germination quand on tombe malade.

Vrai Faux

b) La graine n'a pas de réserve de nourriture.

Vrai Faux

c) La plante a besoin d'eau et de soleil.

Vrai Faux

d) Le cactus peut vivre dans les déserts.

Vrai Faux

***Astuce**

Si tu réalises des expériences, prends des photos ; tu pourras les utiliser pour t'aider quand tu fais tes exercices.

3 Je m'entraîne

1 Numérote les images dans l'ordre.

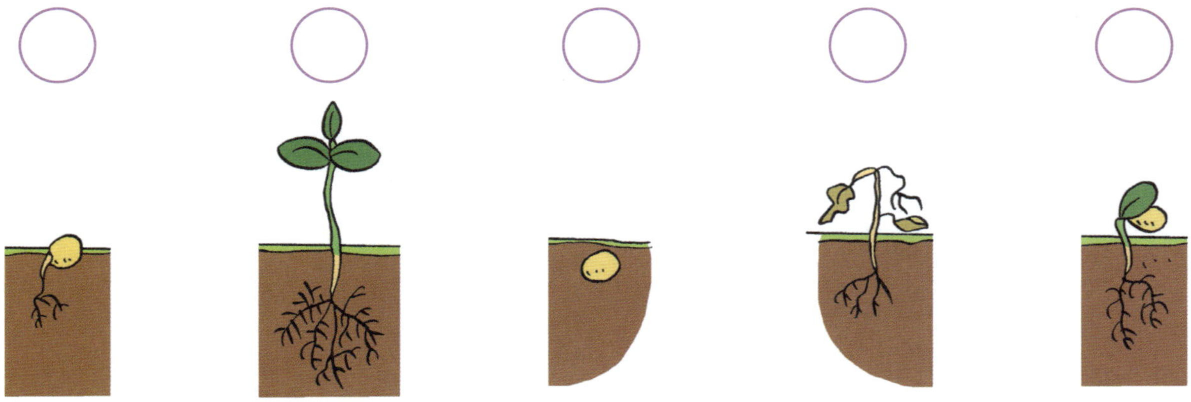

2 Relie chaque étape du haricot à sa description.

La graine germe.	Les premières feuilles apparaissent.	La plante verdit et grandit.	La plante fleurit, et la fleur devient un fruit.	Dans le haricot, on trouve des graines et le cycle peut commencer.

3 Complète le schéma avec les mots suivants :

racine • tige • feuille • cotylédon

Les sciences au quotidien

La germination est une étape naturelle des plantes.

Observe une pomme de terre ou une échalote. Si tu la gardes plusieurs semaines, elle commencera à germer.

5 Les solides et les liquides

1 Je comprends

Il existe deux types d'éléments : **solide** et **liquide**.

Un **élément solide** est quelque chose qui est résistant. Tu ne peux pas le casser facilement. Il peut être dur, mou ou déformable.
Ex. : un jouet, un ballon…

Un **élément liquide**, au contraire, c'est quelque chose qui coule et qui s'écoule. Il est difficile de le tenir en main.
Ex. : l'eau, l'huile…

? Le sais-tu ?

Le sucre en poudre s'écoule entre tes doigts, mais il ne fait pas pour autant partie des liquides, car il est composé de plein de petits grains solides.

Conseil parents

Il est important d'expliciter certains mots (couler, durcir…). Vous pouvez par exemple demander à votre enfant de construire une phrase avec le mot « couler » pour voir s'il l'a comprise.
Ex. : Je fais couler l'eau du robinet.

2 Je teste

Colorie en rouge les éléments solides et en bleu les éléments liquides.

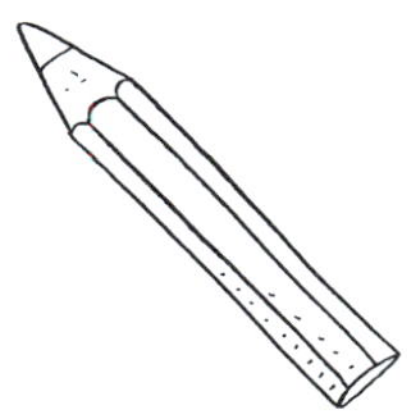

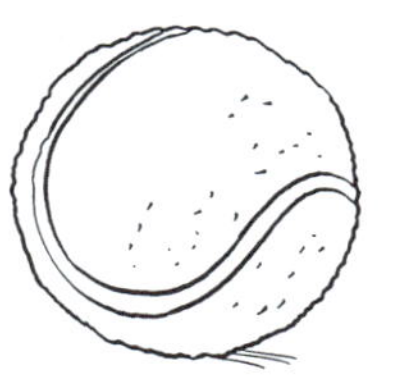

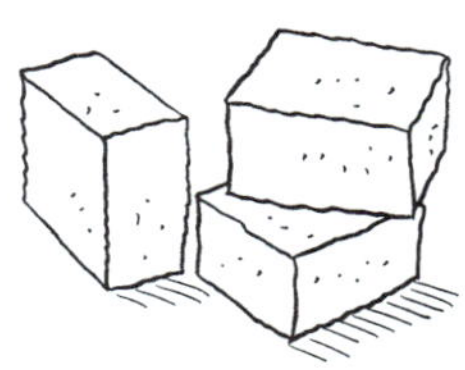

Conseil parents

Si vous avez les éléments des exercic
vous pouvez les présenter à votre enfant pour qu'il puisse les manipuler.

3 Je m'entraîne

1 Coche la bonne réponse.

a) Un élément solide n'est pas déformable. ☐ Vrai ☐ Faux

b) Un élément liquide adopte la forme de son contenant. ☐ Vrai ☐ Faux

c) Un élément solide est impossible à attraper. ☐ Vrai ☐ Faux

d) Un élément liquide ne peut pas devenir solide. ☐ Vrai ☐ Faux

2 Coche chaque case selon la propriété des différents ingrédients.

	Peut fondre.	Peut être attrapé avec les doigts.	Prend la forme du récipient.	Peut devenir solide.	Peut être coupé.	Coule entre les doigts.
Sucre en poudre	X	X	X	X		X
Eau						
Huile						
Tablette de chocolat						
Poire						
Glaçon						

3 Complète les phrases avec « se solidifie » ou « fond ».

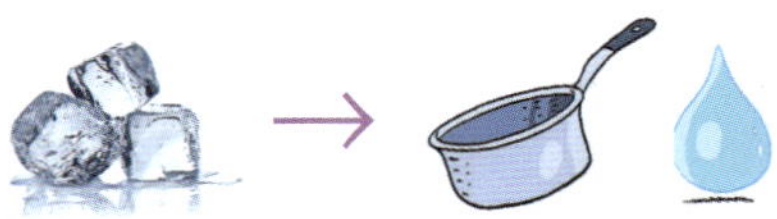

L'eau ....
au congélateur.

Le glaçon ....
dans une casserole chaude.

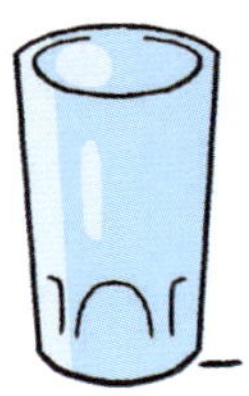

Les sciences au quotidien

Teste la différence entre solide et liquide en prenant un grand verre transparent : essaie de le remplir avec de l'eau, puis avec des morceaux de sucre.

Lequel de ces éléments remplira parfaitement le verre ?

6 Les objets de la vie quotidienne

1 Je comprends

Les objets utilisés dans la vie de tous les jours sont **fabriqués par l'homme** (ou par un robot) dans un but précis.

Un objet peut servir à **bouger, mélanger, se déplacer, transmettre**...
Ex. : Le vélo sert à se déplacer quand on actionne les pédales.

? Le sais-tu ?

Beaucoup d'objets ont été inventés il n'y a pas très longtemps. Par exemple, le premier ordinateur a été créé aux alentours de 1940.

*Astuce

Pour mieux connaître les différents objets qui t'entourent, tu peux les utiliser : en réalisant des recettes de cuisine, en réparant ton vélo avec tes parents...

Conseil parents

Certains objets de la vie quotidienne n'existent plus. Vous pouvez parler à votre enfant de ces objets que vous avez connus, et lui expliquer le lien qu'ils ont avec les objets d'aujourd'hui.
Ex. : un baladeur à cassettes.

2 Je teste

Entoure les images qui représentent des objets fabriqués par l'homme.

3 Je m'entraîne

1 **Nomme chaque objet et écris son nom sous l'image.**

bougie • ballon • vase • canapé • train • avion

....

....

....

....

....
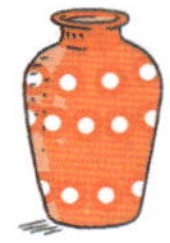
....

2 **Relie chaque objet à sa caractéristique.**

- Cela sert à couper du papier ou du carton. •
- Cela sert à sécher les cheveux. •
- Cela sert à couper du bois. •
- Cela sert à se déplacer. •
- Cela sert à laver le linge. •

• 
• 
• 
• 
• 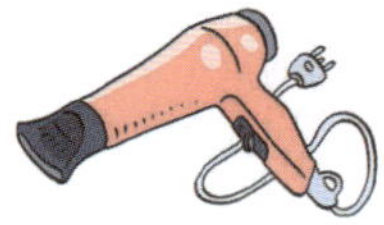

3 **Entoure les objets anciens (qu'on n'utilise plus ou qui ont évolué).**

Les sciences au quotidien

Aujourd'hui, un téléphone portable est **plus puissant** qu'un ordinateur créé il y a plus de 50 ans.
Imagine ce qu'on pourrait faire dans le futur !

1

Mes premiers mots

1 Je comprends

Écoute et répète. piste 1

Conseil parents

Votre enfant découvre une nouvelle langue et de nouveaux sons. La priorité est l'oral !

2 Je prononce

Entraîne-toi à bien prononcer. piste 2

Au début de **Hello**, tu dois souffler de l'air.
Mets ta main devant ta bouche et prononce
les syllabes suivantes (sans souffler quand il n'y a pas de h,
en soufflant quand il y a un h) :

i – **hi** – **a** – **ha**

ou – **hou** – **é** – **hé**

***Astuce**

Contrairement au français, le **h** se prononce en anglais.

3 Je m'entraîne

1 Écoute et colorie les mots que tu entends. piste 3

Tu ne comprendras peut-être pas tout dans cette conversation, mais tu reconnaîtras trois formules de politesse que tu as apprises dans cette leçon. Colorie-les !

Hello

Goodbye

Please

Thank you

2 Récolte les lettres trouvées sur le chemin de la sortie du labyrinthe pour découvrir un mot.

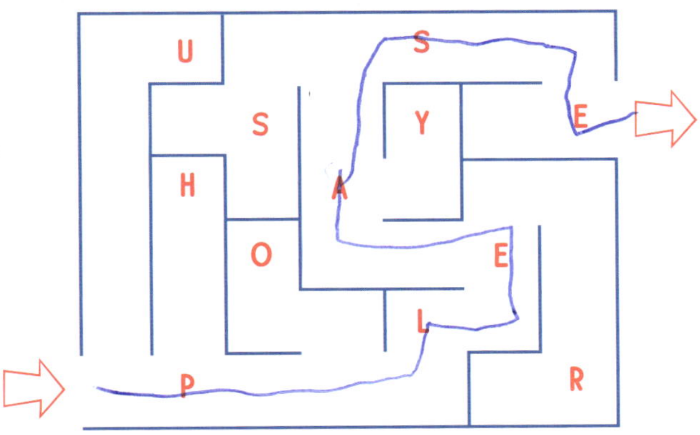

- **Écris le mot que tu as reconstitué.** P L E A S E
- **Colorie sa signification en français.**

Bonjour

Au revoir

S'il vous plaît

Merci

3 Cherche le mot « bonjour » en anglais et colorie-le.

A	T	P	H	O	F
H	E	L	I	B	W
E	R	H	L	Y	C
L	H	E	L	L	O
D	G	M	O	V	P

L'anglais au quotidien

En français et dans les autres langues, la politesse est très importante.

Alors, n'oublie pas ces petits mots qui te seront très utiles !

2 Les nombres

1 Je comprends

Écoute et répète. piste 4

1	2	3	4	5	6	7	8	9	10
one	two	three	four	five	six	seven	eight	nine	ten

Conseil parents

Comptez tout en anglais.
Par exemple, jouez **au jeu de l'oie** :
en avançant votre pion, comptez les cases en anglais.
Vous pouvez aussi jouer à la version anglaise !
« **Snakes & Ladders** » = « Serpents et échelles »

2 Je prononce

Entraîne-toi à bien prononcer. piste 5

En **anglais**, les lettres **th** font un son qui n'existe pas en français.

Pour bien le prononcer, mets ta langue entre les dents !

3 Je m'entraîne

1 Écoute et entoure les nombres que tu entends. piste 6

Tu ne comprendras peut-être pas tout dans cette phrase, mais tu reconnaîtras trois nombres que tu as appris dans cette leçon. Entoure-les !

1 2 3 4 5 6 7 8 9 10

2 Sépare les mots avec des barres verticales.

onetwothreefourfivesixseveneightnineten

3 Colorie les cases qui contiennent les nombres indiqués ci-dessous de la même couleur.

FIVE TWO TEN SIX ONE FOUR

5 6 1 2 3 8 10 9 4 7

L'anglais au quotidien

On ne compte pas de la même façon dans tous les pays du monde.

Les Américains lèvent l'index pour le 1, ajoutent le majeur pour le 2, l'annulaire pour le 3, l'auriculaire pour le 4, et finissent avec le pouce pour le 5.

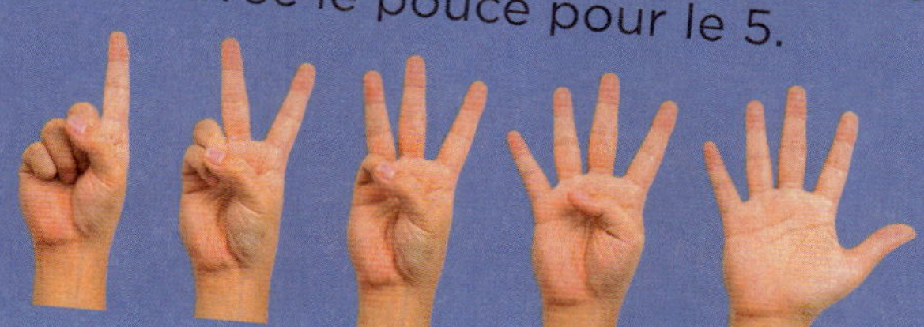

3 Les couleurs

1 Je comprends

Écoute et répète. piste 7

RED BLUE YELLOW ORANGE GREEN WHITE **BLACK**

À toi de jouer !

Le jeu de « I spy »

Ce jeu se joue à deux.
L'un de vous choisit un objet dans la pièce et annonce sa couleur :
« **I spy something blue.** »
L'autre essaie de deviner de quel objet il s'agit en montrant des objets bleus.
Puis inversez les rôles !

Conseil parents

Au quotidien, n'hésitez pas à indiquer les couleurs en anglais.

2 Je prononce

Entraîne-toi à bien prononcer. piste 8

Le **O** à la fin de **yellow** se prononce de manière spéciale.
Il fait comme une vague.

Il ressemble au son **e** au début puis devient **o**.

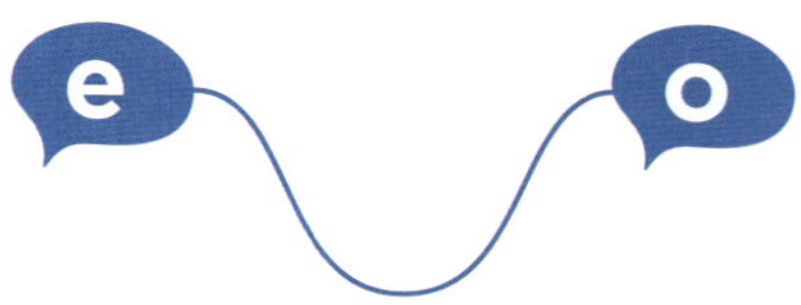

Entraîne-toi plusieurs fois.
Tu peux écouter de nouveau le mot **yellow**.

3 Je m'entraîne

1 **Écoute et entoure les couleurs que tu entends.** piste 9

Tu vas entendre une phrase. Tu ne comprendras peut-être pas tout, mais tu reconnaîtras deux couleurs que tu as apprises dans cette leçon.

2 **Colorie les cases de la couleur indiquée.**

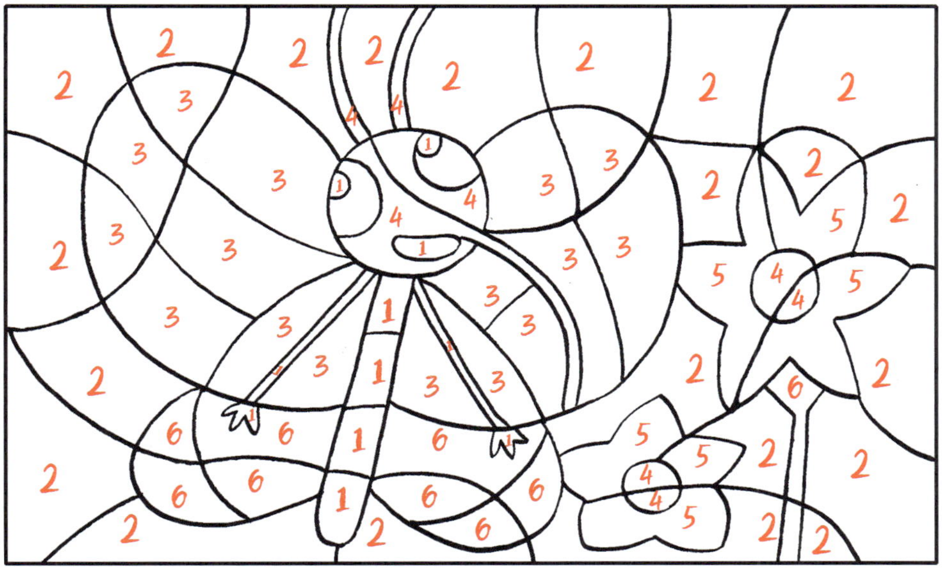

1	2
BLACK	BLUE
3	4
RED	YELLOW
5	6
ORANGE	GREEN

3 **Complète les lettres manquantes.**

R.....D

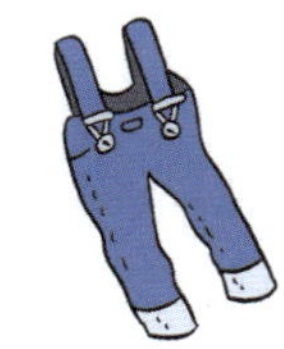
.....LUE

YE..... .....OW

.....RANGE

.....HITE

BL.....CK

GREE.....

L'anglais au quotidien

À chaque ville sa couleur de taxi !

Londres

a **black** cab a **red** bus

New York

a **yellow** cab

4

La famille

1 Je comprends

Écoute et répète. piste 10

MOTHER
mère

FATHER
père

SISTER
sœur

BROTHER
frère

GRANDMOTHER
grand-mère

GRANDFATHER
grand-père

Conseil parents

Et si votre nouveau surnom était **mum** ou **dad** ?
Votre enfant ne sait pas encore construire des phrases en anglais, mais n'hésitez pas à intégrer les mots qu'il connaît dans votre quotidien !

2 Je prononce

Entraîne-toi à bien prononcer. piste 11

En anglais, le **R** ne se prononce pas comme en français.
Il ne racle pas dans la gorge.

Répète les mots.

red

girl

sister

3 Je m'entraîne

1 **Avec des flèches, relie les mots aux personnes sur la photo.**

FATHER •

MOTHER •

GRANDMOTHER •

• SISTER

• GRANDFATHER

• BROTHER

2 **Écoute et entoure les mots que tu entends.** piste 12

Tu vas entendre plusieurs phrases. Tu ne comprendras peut-être pas tout, mais tu reconnaîtras trois mots que tu as appris dans cette leçon. Entoure-les !

3 **Dessine ta famille et écris les mots en anglais.**

L'anglais au quotidien

Entraîne-toi à lire le dialogue suivant :

- *My grandpa is a policeman. My daddy is a fireman. My brother is a businessman.*
- *What would you like to be?*
- *Superman!*

Retrouvez la collection complète

pour réviser toute l'année

AUZOU éducation